暖暖的相伴

麦子暖溪 / 著
沈晓丹 龚启明 / 绘图

人民东方出版传媒
東方出版社

图书在版编目（CIP）数据

暖暖的相伴 / 麦子暖溪著 .—北京 ：东方出版社，2018.12

ISBN 978-7-5207-0678-0

Ⅰ.①暖… Ⅱ.①麦… Ⅲ.①故事－作品集－中国－当代 Ⅳ.①I247.81

中国版本图书馆 CIP 数据核字（2018）第 281315 号

暖暖的相伴

（NUANNUAN DE XIANGBAN）

作　　者： 麦子暖溪
责任编辑： 刘益强
出　　版： 东方出版社
发　　行： 人民东方出版传媒有限公司
地　　址： 北京市东城区东四十条 113 号
邮政编码： 100007
印　　刷： 北京汇林印务有限公司
版　　次： 2019 年 1 月第 1 版
印　　次： 2019 年 1 月北京第 1 次印刷
开　　本： 880 毫米 ×1230 毫米　1/32
印　　张： 5.25
字　　数： 120 千字
书　　号： ISBN 978-7-5207-0678-0
定　　价： 42.00 元
发行电话：（010）85924663　85924644　85924641

小仓鼠暖暖在暖溪最艰难的时候来到了她的身边。

他们相依为命，共同经历生活里的大雪纷飞。

暖暖、暖溪、大哥哥在严寒里体会温暖，在疾风里相互依偎，在冬日里含着泪微笑。暖暖像个棉花团，温暖着每一个爱它的人……

作者序

爱是千树万树梨花开

一夜之间，家不见了。

爱、丈夫、儿子、家，还有我自己，顷刻间摔得粉碎，化为乌有。

多少个清晨起床的时候，发现自己还活着都成了一种痛苦。所有曾经的幸福和用爱连接的一切都坍塌不再。亲人们为我揪心，好朋友为我难过，儿子更是焦虑万分。他们默默地陪伴在我身边，用爱与包容守护着我，为我遮挡风雨，让我重拾生活的勇气与信心。

不知过了多少个用泪水和痛苦煎熬与浸泡着的日日夜夜。

忽然，有一天，儿子给我带回来一只雪白的小仓鼠，对我说：妈妈，我在学校的时候，让这个小不点儿陪伴您吧。

就这样，小仓鼠暖暖走入了我的生活，陪伴着我和儿子度过了一段又一段艰难的岁月，星霜寒暑，与我们一同感受着千万种不同的爱……

Contents 目录

三ノ宮
特急用定期券

暖暖的静听

晚饭后的时光是最幸福的，也是最温暖的，外面飘起了雪花，屋里暖洋洋的。

灯光下，我看着同样慵懒的暖暖，故作玄虚地说：“暖暖，我告诉你一件事吧。”

暖暖睁大了眼睛，看着满怀心事的我，故作惊奇地问：“什么事呀，这么严肃，不会是又有窃听风暴吧？”

“哪里，就是很平常的一件事，是我的感悟，你想听吗？”

“当然，只要暖溪讲的我都想听。”暖暖露出了它特有的笑眼。

“暖暖，早上搭地铁，挤得无法站立，四周都是人，纷纷攘攘，焦急无奈，那种情绪就像是已经开锅的水，掀开盖就会热气升腾。我也陷在其中。刚开始的时候，努力让人流的压力不挨近自己，可后来发现这是徒劳的，放弃后就由着他们挤吧，反而对身体的压力小了许多，也轻松了许多。一个人与多人的对抗根本就是无益，特别是力量的对抗，更是可笑，而且还会伤到自己。唯一可以保护自己的办法是顺势而行，肩并肩，人挤人，随它去，挤到哪儿就往哪儿去，立定之后再找出突围的路线，往往都是既轻松又成功，将压力变成保护自己的动力。”

“暖暖，你懂了吗？”

暖暖眨着那双又黑又亮的大眼睛，笑眯眯地只是笑。

希望就在那美丽的圣诞灯光里

暖暖，我不知道希望在哪里，特别是看着万家灯火的时候更是伤心失落。可在傍晚时分，当我看见咱们家的窗户挂上了圣诞节的彩灯，远远闪烁着美丽灿烂的灯光，那一刻，温暖涌上心头，我看见了信心和希望。看着在寒风中与晚霞遥相呼应的圣诞彩灯，我知道，希望就在这里，在这明亮温暖的灯光里，灯光里有亲人的期盼，有朋友的祝福，还有暖暖——你的盼望。

我知道希望就在那美丽的圣诞灯光里 。

“暖暖，听故事了。”我望着窗外，喊着打盹儿的暖暖。

“暖暖，今天的天气格外灿烂，星空也应该是一样灿烂。”

暖暖躲在它的刨花窝里不出来，团成一个球，不理我。

我喃喃地对它说：“暖暖，夜都这么深了，二环路的车依旧在穿梭，大家都在干什么呀？”

暖暖探出头来望着夜幕笼罩的二环路。

“暖暖，你看看路边的街灯下有什么？”

“街灯下只有安静地停在那里的一辆辆汽车，五颜六色闪着不同的光，还有小区的保安在巡逻，其他的没有了。”暖暖轻轻地说。

“还有，一定还有。”我凝视着暗夜里的街景。

暖暖努力搜寻着黑夜里的景色，天真里带着些许困惑。

“还有我在深夜里的相伴，和你，暖暖，我们在温暖的街景里相依。”我看着暖暖。

暖暖甜甜地笑了。

“暖暖，我把你的小跑轮洗干净重新装上了，在轮子下面还铺上了一层雪白的细沙，放心大胆地跑起来吧。”我对正在捧瓜子吃的暖暖说。

暖暖愣了几秒，忽闪着大眼睛仰头看着我：“暖溪也穿上最喜欢的跑鞋加油跑起来，怎么样？”

“我只想看着你勇往直前奔跑的样子。”我摸摸暖暖的头。

“我也想看暖溪奔跑的样子啊。”暖暖放下手中的大瓜子，如水的眼睛静静地看着我，目光里充满着期待和鼓励。

我不知道自己还有没有信心重新跑起来，踟蹰着不敢前进。

暖暖一个健步飞上闪着金光的跑轮，大声对我说：

“我们一起迎着朝霞奔跑吧，不要怕！”

“暖暖，冬季的阳光照在身上最舒服时是什么时候？”

暖暖用笑眼看着我，不语。

“暖暖，阳光在一天之中是不一样的，在下午两三点的时候照在身上最舒服，暖洋洋的。然后太阳就要向西，渐渐光线就弱了。因为这温暖是一天之中的最暖，又是如此短暂，所以那种静好格外暖心，难忘，让人珍惜。”我看着阳光里的暖暖说道。

“冬天里的阳光总是让人喜欢，因为有寒风，有飘雪，还有呼啸的令人惊心的凛冽。暖溪，夏季的阳光也是这样。”暖暖缓缓地对我说。

刺骨的寒风

“暖暖，冬天的风一定是刺骨的吗？”我问正在吃玉米的暖暖。

暖暖抱着它的玉米粒在认真地啃。啃了好久才停下来，把剩余的玉米粒藏在了它圆滚滚的颊囊里。

“风在冬天是刺骨的，风在其他季节还是刺骨的吗？玉米粒在小饭盆里是凉的，可在我的颊囊里一定是暖和的。”暖暖看着我得意地说。

“暖暖，我又要给你讲故事啦。”

暖暖躲在它的二层小窝里静静地看着我，眯着它的笑眼。

“暖暖，我今天看见了一只非常威武漂亮的大狗，是只军犬。我从没有见过那么高大的狗，几乎有半个人的高度，米色的毛略带些浅棕，油亮油亮的，在寒风吹起的时候就像一头威武的狮子。它漂亮的大眼睛闪烁着警觉和威严，还有忠诚，眼神里看不见讨好和谄媚，它紧紧跟在训导员的身边，像个大朋友。

“暖暖，所有人都在注视着这只英俊的大狗，太漂亮了，或者说这么高大帅气的军犬实在不常见，大家呆呆地在马路边给它行着注目礼，好久都没有缓过神来。

“暖暖，我们忘了看看训导员长什么样了……”

暖暖笑了：“你把我也放出来给他们看看，我也很漂亮。”

“是呀，暖暖，有一次带你出去，把你放在了一辆非常漂亮的轿车后备厢上，好多人都围上来看你：好漂亮的小老鼠，毛真白啊。有小孩儿，有老人，还有年轻人，久久不走开。我解释说，是仓鼠，不是老鼠，没有人听我的，大家紧紧盯着你，小孩儿趴在你的笼子边上恨不能钻进去，你的小手都要碰上他的小鼻子了。”

“所有人都围上来看你，真的为你高兴。那天我穿了件非常漂亮迷人的花裙子，可是没人注意我，还有那辆非常酷的红色跑车也没有人看，人们只是看着你。满心满眼都是温柔和喜爱，真令人艳羡。想想，人真的不能太骄傲，美女和香车在一只小仓鼠面前惨遭忽视，看来童心和可爱真的天下无敌。”我看着正在捋毛的暖暖轻轻笑着说。

暖暖听着，得意地翘起了小胡子。

冬日里，阳光的暖

“暖暖，今天的空气特别好，阳光灿烂，我出去散步了。我还没有看见花草树木嫩绿的小芽，天还是太冷了。可是我并没有感觉到寒冷，只是觉得阳光照在身上温暖极了，就像你身上毛茸茸、暖融融的毛覆在我手上一样。”我和暖暖说着我的散步经历，心里想看看暖暖怎样回答。

暖暖不说话，却笑得像一朵棉花糖，身上的毛在阳光里散发着金色温暖的光，就像冬日里的暖阳。

大公鸡洛克

“暖暖，听故事啦，我要给你讲个我小时候在桂林的故事，可有趣儿了。”我看着恹恹欲睡的暖暖，轻轻地说。

暖暖一听我说讲故事，马上支棱着小耳朵，窝在刨花窝里等着我给它讲故事。

洛克是我童年在桂林时养的一只远近闻名又极其漂亮的白色大公鸡，桂林山水甲天下，童年的我并不懂得山水，在我的世界里，只要是可以玩的就是最好的：山里充满松树香味的大松果，阳光下闪着金光的稻田里自由自在游来游去的小鱼、小蝌蚪，池塘里绿意盎然的猪笼草，并不多见的落在桑树枝上的红蜻蜓，还有最让我着迷的是漫山遍野的夹竹桃，那淡淡的带些苦味的粉色花朵好像一年四季都在盛开。

大公鸡洛克的窝就建在一大丛夹竹桃下。我们用竹篱笆围成了一个小院子，院子里用碎木板钉成了一个小房子，小房子里铺上了又暖和又新鲜的稻草。小院子里还有盘根错节的青草趴在地上自由自在地生长，黄色的小野菊不时冒出来凑个趣儿。山风吹来，夹竹桃和小野菊的香味混在一起，真是令人陶醉。和洛克在一起的还有十几只鸡，有黄色的、白色的和灰色的，其中姐姐最喜欢的是只深灰和白色相间的芦花鸡，是只母鸡，也很漂亮。可我最喜欢清晨起来咕咕叫的威武的大公鸡洛克。

洛克刚出生的时候就很特别，比其他的小鸡都大，毛茸茸、敦敦实实的，憨厚无比，我格外喜爱它。洛克小时候是淡淡乳黄色的，像个毛球，想不到它长大了，变成了雪白雪白的大公鸡。它大尾巴高高地翘着，有几根又粗又油亮的长毛更是威风无比，屁股周围是雪白的绒毛，像棉花一样柔软暖和，大大的鸡冠则鲜红鲜红的。它的眼睛明亮清澈，走起路来咚咚响，有种横扫一切的劲头儿呢。

洛克从不挑吃的，任何食物在它的嘴里都变成了美味佳肴，它吃得肚子圆滚滚的，然后笔直地站在阳光下凝视远方，像个大将军。洛克吃饭的时候还常常会把食盆让给那些母鸡，它在旁边看着，依旧是笔直地站着，从不欺负母鸡，等母鸡吃完了，慢悠悠地走开，洛克再接着吃盆里和地上剩的米粒或是菜叶。

洛克越是懂事，我越是疼爱它。有一次，妈妈做了我们最爱吃的菜：扁豆炒肉。我把碗里的肉悄悄地藏在饭下面，舍不得吃，等妈妈把碗筷收拾干净，我用小手捧着几片小碎肉飞奔着跑向山上的鸡窝，洛克用大大的拥抱迎接我，欢快地吃了起来。微风拂来，把它一身雪白的毛吹起了一个个小窝。

那时候，食品匮乏，几乎每家每户都养几只鸡，为着能吃上鲜美的鸡蛋，每家山上和山下都各自建个鸡窝，山上的大而全，就像个小花园，山下自家住的地方挪出一个角落，建个简易鸡窝，那是让鸡休息的地方，主要为了晚上防偷鸡贼、黄鼠狼和毒蛇。

我们大院职工住的房子都是三层小楼，楼的外立面是淡绿色，和周围的山水相融，像是晕染开来的水墨画。大院内种着好多花树，最多的是桂花树、桑树和夹竹桃，还有迎春花树，层层叠叠，绚烂多彩。

一到晚饭的时候，家家户户都忙着赶鸡。鸡都长得一样，所以各家各户把鸡涂成不同的颜色，怕赶错了，什么红的、蓝的、紫的，大的、小的，圆的、长的、三角的……涂的地方也不一样，有涂鸡头的，有涂鸡翅膀的，有涂鸡屁股的，什么都有。赶鸡的叫声更是五花八门，高的、低的、尖的、细的，还有怒吼的。赶鸡人有拿棍儿的、拿笤帚的、拿脸盆的，院子里的鸡一撮一撮、一伙一伙的，飞来飞去，跑来跑去，追来追去，真是不亚于一场战争，而要想把一窝十几只鸡从山上赶进有楼梯的楼里，那场景就更欢快了。

我们家从不参与到这场战争里，因为洛克就像是将军，我在前面带路，洛克紧跟在我的身后，雄赳赳地高昂着头，领着芦花鸡和十几只漂亮的母鸡整整齐齐地列队回家，然后上三楼，乖乖地钻进窝。大院里的人们羡慕得不得了，啧啧称奇。也有同龄孩子极度淘气，扔几块小石头在鸡群里，洛克只静静地站定，并不飞起来逃跑，鸡群被洛克所感染，只小乱了一会儿，继续围拢着排着队，跟着洛克回家了。邻居都知道洛克回家的声音，因为洛克高大威武，上楼梯的时候能听见它咚咚的脚步声。

暖暖听得入神，突然“叮咚叮咚”的门铃声响起，我们俩都吓了一跳。

“快递——”门外响起了快递小哥的声音，我们哈哈大笑。

“暖暖，你的脚步声也很淘气呢，像个小战鼓，急促、响亮，虽然你很小……”

暖暖也咚咚咚跑上楼，扭着胖胖的圆圆的小屁股。

“暖暖，我回来了。”

暖暖在刨花窝里睡大觉。

“暖暖，起床了，该吃饭了。”

暖暖正做着它的小美梦。

我把烤得香脆的面包放在了它的二层小阳台上。

“暖暖，有好吃的啦。”

刨花窝里有了动静，暖暖的小红鼻子露出来了，接着是沾着碎刨花的小胡子，然后是眯着眼睛的暖暖。

暖暖像一朵花一样冒出来了。

冬天里的枯树枝

“暖暖，你说冬天里光秃秃的枯树枝美吗？”看着窗外一缕斜阳，我问暖暖。

“如果不是在冬天它就不美，在冬天就是美的。”暖暖回答。

“我发现冬天里的枯树枝在阳光普照的时候身上有一层柔和的光，这光晕笼罩在枯树枝的周围，像是让它有了梦幻般的魔力。”我继续说。

“我也有啊，你看见了吗？”暖暖眨着清澈的眼睛望着我问。

我看见暖暖雪白的毛在夕阳里披上了一层金黄色美丽的光晕。

“夕阳里的暖暖更美。”我轻轻地对暖暖说。

萧瑟土地里的春天

暖暖，春天就要来了，可是冬天的寒冷还在，地上的青草还没有出来，只有干裂的土地和沙砾。夏天里曾经郁郁葱葱的南瓜藤蔓，也只剩割断的裸出的一点点枝杈，还有飘零的几片落叶。

可我知道在这萧瑟土地里有春天，春风和细雨不久就会将这里变成绿油油的青草地，那时会有灿烂的鲜花，会有飞舞的蝴蝶，还会有茂盛的南瓜藤。

“暖暖，有的时候非常怀念少年时的美好，无忧无虑，天真烂漫，极像现在的你。我给你讲个我少年时的伙伴五哥哥的故事，好不好？”我看着正在理毛的暖暖说道。

“好啊，好啊。”暖暖马上端坐在它的小阳台上，等着我给它讲故事。

少年是一首舒缓、快乐而又没有牵绊的歌。

少年的友情，质朴、纯净、踏实。

再一次见到五哥哥的时候，他已经经历了第二次婚姻。岁月的沧桑虽然写在了脸上，但是五哥哥的憨厚，质朴和侠义却是仍如少年模样。

二次婚姻的胖嫂子还带着一个胖姑娘，吃过午饭回家的时候，五哥哥在众多亲戚的注目下还是那么憨，那么有趣儿，看到花园里牵牛花结的“小地雷”，顺手就捋了一把，笑呵呵地说：“这么结实的种子，可以拿回去种了。”在那一刻，我几乎落下泪来，十几年前的五哥哥仿佛又站在了我的面前。

小的时候，每年寒暑假我都会在五哥哥家小住。

五哥哥家住的是一座坐南朝北的小院子，靠近北面有四间大瓦房，东面是浴室和堆柴火的小库房，西面是厨房，靠近大门的地方种着柿子树和一架葡萄，院子的中间砌着石板，北面沿窗户的下边有一个水管和水池，挨着石榴树摆着矮饭桌和小板凳。一年四季，阳光都照在窗沿上，特别是冬天摆在窗台上又大又红的柿子格外鲜艳。清晨，窗户上结着晶莹剔透的冰花，房檐上有时还挂着冰柱，在阳光下闪着耀眼的光芒。

夏天，我和五哥哥、凤姐姐常常在树荫下吹着从远处麦田里飘来的凉风、听着鸟鸣围着小矮桌吃饭，有时还会飞来几只小麻雀叽叽喳喳向我们讨食，那种欢快热闹的情景历历在目。

一、捉蜻蜓

五哥哥家房后不远处是一块芦苇塘，周围是麦田。麦田之间有交错延绵的小窄路，路边是矮矮的青草，小麻雀一群一群地在麦田间嬉戏。

夏天，我和五哥哥常常在池塘边捉蜻蜓，五哥哥说用网捞，我说用手抓，结果，谁也说服不了谁。他依旧是“狗吃屎”似的扑倒在地上网他的蜻蜓，而我却用自己的“纤纤美人指”轻捏翅膀就得胜了。五哥哥不服气，拿着他的“打鱼网”上下翻飞，在鱼塘边胡闹，我却在一旁偷偷地笑。我们将蜻蜓捉回来放在窗户上，夜晚让它们吃蚊子。过两天我们俩又将它们兜好重新放飞在芦苇塘，看着它们抖动翅膀迎着晚霞振翅飞翔的时候，我和五哥哥坐在洒满余晖的池塘边的草地上开心地笑。

我还爱看渔夫在池塘边打鱼，就像是“黄昏猎鱼图”一样令人沉醉。

傍晚，吃过饭，五哥哥带着我去看打鱼。

晚霞映红了半边天，也映红了整个池塘，风吹过来荡起一片片波纹，带来阵阵花香。五哥哥和渔夫在远处闲谈，声音随风轻轻传来，那么亲切，又似乎很遥远。我坐在池塘边看着静静的水面凝神痴想，五哥哥打趣地对我说道：“傻坐在那里，鱼是飞不上来的，你再多情也没用。”

“胡说什么，你怎么知道我在看鱼？我在找王子呢！你懂什么？”嘴上虽然这么说，可还是掸掸屁股上的土，站起身和他一起去看打鱼。

二、香山之行

很早就听说从八大处可以不用买票就能上香山，我和五哥哥说：“你敢吗？”

他呵呵地一笑：“那有什么不敢？爬山谁不会？”

暑假的一个早晨，我觉得天气不是太热，于是撺掇五哥哥去实施我们的计划，胡乱扒拉了几口早饭，骑上车就出发了。

看似很容易的一件事，做起来却遇到了意想不到的困难。首先是我的车技太生疏，我听见后面轰隆隆的响声，像是来了大货车，赶忙翻身下车。五哥哥本来在前面领路，半天看不见我，又折返回来找我。

“怎么啦？”五哥哥关切地问我。

“我看见大车就害怕，所以要下来。”我有点沮丧地说，脖子上都是汗。

五哥哥笑了：“那你这一上一下怕是天黑也到不了，早知道你骑车这么差，我带你多好，坐公共汽车也行啊。”

其实，我早就想说我骑车骑得不好，可我又害怕他骑车带我，一个大男孩，我坐他的车后面，不揪住他的衣服肯定是坐不稳的，可我揪他什么地方才能坐稳呢？只有抱住他的腰吧，那该多难为情啊，我可不愿意。

他看透我似的：“我知道你，像个修女。可我也并不是魔鬼或者海盗什么的，没那么可怕。这样吧，我在后面骑，你在前面，要么我在外面，你在里面骑，这样不怕了？”

“好吧。”我点点头。

就这样，我在五哥哥的保护下胆子大了许多，也找到了骑车的乐趣。

好不容易骑到了八大处，买票进门就开始了我们的逃票计划。

现在想来可笑，八大处公园的风景被我们这次的“偷入”计划给完全忽略了，满心都是“偷入”香山行动成功后的激动，什么景色也没有记住。

当我和五哥哥爬到半山腰的时候，路过一个山口，一个老乡戴着顶破旧的草帽，站在一棵老槐树下憨厚地笑，问我们要不要骑驴爬山。我一看，那头棕色的毛驴长着一双又大又漂亮的眼睛，忽闪忽闪的，浓密的长睫毛像两把小刷子，眼神中透着羞涩和温柔，我被它的可爱深深吸引，兴奋地说：“骑一会儿吧。”

老乡在前面牵着驴，五哥哥在后面跟着走，驴很健壮，我骑在上面既舒服又有点紧张，当然，更多的是新奇。蜿蜒崎岖的山路漫长连绵，周围景色迷人，每一处的花和树木都不一样，层层叠叠地在阳光里散发着独有的魅力。我们三个人谁都没有说话，山中寂静，只能听见小毛驴嗒嗒的脚步声，风吹过来的时候能闻见小毛驴身上淡淡的臊味，一点都不难闻，和周围青草花树及泥土的味道混合在一起，闻起来很温暖。

山里的气候真是变幻莫测，一会儿天就黑下来了，黑得让人觉得有些捉摸不定，就连刚刚阳光朗照的山峦瞬时都变得模糊不清了。我吓得问五哥哥怎么办，五哥哥和老乡说在大石头下面躲躲，阵雨一会儿就停了。我们在大石头下躲了起来，天越来越黑，乌云飞速飘动，风也越来越大，周围的杉树、白杨树、枫树被风吹得剧烈摇摆，茂密的灌木丛更是起伏摇曳。老乡牵着毛驴蹲在地上抽着他的烟袋锅，五哥哥轻轻抚摩着毛驴头上的漂亮鬃毛，和老乡聊着天，我躲在他们中间，心情放松了许多。

当天空重新晴朗的时候，我和五哥哥再次出发，驴已不能骑了，因为那是老乡用来挣钱的，只能骑一小段路。不过老乡给我们指了一条去香山的小路。我有些担心地问五哥哥：“你听清老乡说的路了吗？”

“嗯，听清了，不过不认识也没关系，瞎走呗。总之是往香山方向就一定能走到。”

“可笑，瞎走。一会儿在这么深的树林里迷路了怎么办？”

“不会，大不了我们可以喊。”五哥哥一脸的从容。

四周是起伏的山峦，阳光斑驳地照在浓绿的树林中，偶尔有几声布谷鸟的叫声，愈发显得树林幽静。树上的蝉，声嘶力竭地喊叫着，有些刺耳，更让人心烦。潮湿闷热的空气使我们的衣服湿透了，放眼望去，四周没有一个人，那种安静和空旷让我有些害怕。我不说话，默默地低着头看着脚下崎岖的山路，紧紧跟在五哥哥的身后，生怕走丢了。可五哥哥一点都不着急，他一会儿折下一根长树枝拿在手里挥来挥去，一会儿又摘下一朵野花递给我，看我紧张的样子，五哥哥笑了："翻过这座山就到了，不用那么绷着脸，有那么恐怖吗？"

我们穿行在浓荫蔽日的树林里，五哥哥挥着树枝玩耍地走在前面。他一会儿说有蛇，一会儿说有马蜂，吓得我大呼小叫，辗转腾挪，他在前面闷闷地笑。走到一个岔路的时候，我们停住了脚步。四周一片寂静，空气仿佛都凝固了，这场景让我想起了电影《阳光下的罪恶》里的一个画面，我心里嘀咕："可千万别出现什么骇人的场面哪！"五哥哥扭过头问我："咱们走哪条路？"

"哪条路离香山更近呢？"

"看不出来！"

我只想赶快逃离这恼人的路口，心里想："既然不知道，哪一条都一样，随便指一条吧。"

于是我半开玩笑地说："那就左边这一条吧。"

五哥哥笑了，看看我："行，就这样，错了再说。"

"要是走错了，我们恐怕天黑都到不了，可是也只能瞎走啦。"我虽然紧张但也无奈地说。

我和五哥哥在茂密的树林中一路大喊着，唱着歌，迂回穿插，终于来到了香山公园，当到达香山公园的时候，什么也没记住，只记得“逃”出来的地方有一个小亭子。远处夕阳挂在了天边，月亮也隐隐地可以看见了。

三、韭菜炒大虾和麦田边的小卖部

五哥哥长得不英俊，甚至有点憨顽，他就像流淌在山谷溪底间的泉水一样，清澈、透明、平静，不起波澜。那种安静、随和、淘气，让我沐浴到安全、舒适，像躲在温暖的巢穴里晒太阳一样，即使和他的目光相遇，我依旧可以看到如溪水般的宁静，一点也不会让我局促不安。也许正是这个原因，我和五哥哥的友谊最平常却最温暖，留在记忆深处也最长久。有如酒，越久越醇香，散发着独有的芬芳。

我常常怀念和五哥哥在一起时的快乐与轻松，时间仿佛在我们之间都变慢了许多。

有一次，我们骑车去圆明园玩耍。临出发，五哥哥提醒我说：“挺累的，你能坚持吗？”

“能，我还从没有骑车去过那么远的地方呢，我不怕累。”我想都没想，脱口而出。

正如他所预料的那样，刚出去的时候还被一股远足的兴奋所包围，过了一段时间之后，我的脚和胳膊便有些酸痛，我喊住了他：“我累了，我要歇一会儿。”还没等他返身回到我的身边，我就一屁股坐在路边的草地上扇起了扇子。他笑笑，并没有言语，坐在草地上抚弄着小草和野花。我歇够了，慢慢站起身对他说：

“走吧，还有多远哪？”

“不远了，慢慢骑，不要着急，反正时间还早呢。”

“真没有想到这么远，这么累。”我有些气馁。

“不远了，再坚持骑一阵就到了。”

其实再骑了好几阵子才到，中间我要赖坐在路边不走，五哥哥从不催促，也不多言，只是安静地坐在我身边不远的地方，一边看看飞速行驶的车子，一边玩玩手里的扇子，笑呵呵地等着我开口。我为自己的“豪言壮语”后悔，可五哥哥并不在意。我想歇多久就歇多久，想歇多少次就歇多少次，他并没有因为我的任性行为而生气，好像是在意料之中，依然是心平气和，毫无烦恼。这种无怨、耐心和包容让我们成了最要好的少年伙伴。

好不容易回到家，我扑倒在床上，大叫着：

“可到家了，累死我啦，我可要好好歇歇了。”

他问我话我也懒得理，不知什么时候竟躺在床上睡着了，等我醒了，只见五哥哥笑着对我说：

“我不会做饭，只见过爸妈做的大虾。正好冰箱里有，我用韭菜胡乱地炒了炒，你看好吃吗？”

雪白的米饭，翠绿、金黄的韭菜炒大虾，看着就让人食欲大振。

“真了不起啊！还会做这么复杂的菜。”我冲他笑着说。

五哥哥有些不好意思，抓抓头，羞红了脸，还是呵呵笑着：

“最简单，把虾洗干净，炒一会儿红了，再炒一会儿，放韭菜，好了，简单吧？就是不知道好吃不好吃。”

我和他一起捧着白米饭吃着大虾，阳光洒进窗棂，洒在雪白的米饭上，更洒在了两个少年的脸上。米饭的香味和韭菜虾仁的香味混合在一起，还有阳光的味道，温馨快乐，那画面就像电影。

五哥哥让我记住的又何止是这些呢?

冬天的早晨寒冷，姨姨问我早上想吃什么，我睁开蒙眬的睡眼说要吃油饼。五哥哥骑着车飞奔着去买，买回来等凤姐姐和姨姨、姨夫都吃过早饭上班了，我从暖被窝里钻出来，五哥哥已经将油饼烤在了炉火上，等我起床了，油饼还是热乎乎的，又香又脆。吃过饭，我和五哥哥在窗下做寒假作业，谁也不说话，只能听见笔在纸上唰唰唰的轻响，仿佛在比赛谁写得快。

冬天的太阳暖融融的，都可以直照在床上。中午我约好五哥哥小睡一会儿后去远处麦田边的小卖部买吃的，可我常常被冬天中午的太阳晒得懒懒的不愿起床，一睡就睡到了傍晚，也没有听到他的催促。有时中间迷迷糊糊醒来，看他自己在窗下看书，有时又会自己下围棋，天渐渐地暗下来，外面寒风凛冽，北风呼啸，风大的时候都可以听到小细沙被吹到玻璃上的声响，我躲懒不想去了，他也还是一脸的微笑："那就不去吧。"好像什么也没有发生似的，接着在灯下看他的书，下他的棋，当然，我也照旧躲在我的暖被窝里做着香甜的梦。

四、看月亮

我还喜欢秋天的时候去五哥哥家玩耍，天气凉爽，闷热全除。我兴致一来，或是愁绪一结，无论天有多晚，都要扯着五哥哥到院子后面的池塘边看月亮、看星星。凤姐姐一定是不肯去的，拉她去的时候她总是说："上了一天的班，怪累的，月亮有什么好看的？"五哥哥却从不推辞，总是高高兴兴地应下来，抬起脚就走。他拉开门闩，开了院子的大门，带着我沿着蜿蜒曲折的小路直奔池塘。他忽而拨开路边茂密的野草，忽而又大声地喊一喊，风声、脚步声夹杂着蛐蛐的歌声，还有远处传来的大狗的叫声，打破了秋夜的宁静，可是却越发让人觉得清新、沉醉与着迷。

月亮将整个池塘照得如仙境般美丽，月光洒在池塘里像蒙上了一层梦幻的轻纱，整个池塘都变得与白天不同，就连有些枯黄的芦苇和残枝落叶在月光的笼罩下都变成了一幅迷人的画。坐在阔朗的池塘边上，不远处，橘黄色灯光淡淡透出了别样的温暖。我在池塘边痴想："灯光下的那家人应是喝酒闲谈还是打牌斗嘴呢？"五哥哥借着明亮的月光拾起小石子在岸边打水漂，小石子激起水面上一阵阵细细的波纹，一会儿就恢复了平静。

静静的水面上倒映着黝深清澈夜空里的繁星，星星点点，似乎近得可以摸到。我静静地聆听池边蟋蟀清唱，间或似夹杂有鸟儿的梦呓。野菊花漫坡地开着，散发着略有些苦味的淡淡香气，熏蚊草重重叠叠夹在茂密的芦苇丛中，清风徐来，它特有的香气让人陷入了秋天的曼妙，更让人忍不住想靠近闻一闻。

五哥哥在池塘边看他的月亮、星星，玩他的男孩游戏，而我在美如梦幻的池塘边，做着我美丽又有些忧伤的梦。他从不打搅我的心事，常常是揪一大把芦苇扎成漂亮的花举在手里，向我使劲晃着，我笑着讽刺说当扫帚还差不多，他也不生气，呵呵地笑，返身真的再扎一把大扫帚，高高兴兴地拿回家。有的时候，他还用藤蔓和柳枝编个草帽戴在头上，当然也不忘给我编个比他的好看的，我说我们腰里别只枪就更带劲了，五哥哥依旧笑笑不言语。

迷人而又带着点忧伤的秋夜似乎让人忘却了尘世间的烦忧，仿佛来到了童话的世界。我常常痴迷地坐在池塘边看着闪烁、漂亮的星星忘了时间，五哥哥只是轻轻地提醒，我还是沉浸在我的诗一样的梦境里，独自忧伤、独自痴想、独自徘徊着。可我知道五哥哥从不笑话，从不多言，从不惊扰我那稚嫩的青春。

多少年过去了，我知道我做过很多的梦，有忧伤，有痛苦，有失落，当然还有欢乐，可我的梦却唯独不含着他，因为那里只有平和、宁静、温馨而没有波澜，只有纯净、清新、质朴而没有纷扰，就像雪花静静地飘落。

“暖暖，你的少年伙伴呢？可爱吗？”我问暖暖。

“暖溪是我永远的少年伙伴。”暖暖凝视着我。

另一道风景

“暖暖，我在看书，灯光温暖，窗边的暖气热热的，沙发更是舒服软和极了，看着你在暖和窝里猫着，你在干啥呢？”我看着在刨花窝里捋毛的暖暖说道。

“我是一道温暖的风景啊。”暖暖美美地笑。

这个冬天并不寒冷

冬天的一个下午，阳光弱弱地照在并不寒冷的午后，没有刺骨的寒风，没有呼啸而过的被风吹起的落叶，也没有夹带着沙尘的空气。

四周安静极了，空气中弥漫着干草和枯树枝的味道，还有淡淡的一缕柴火和烧煤核的烟气。我总觉得冬天就应该是这样子，并不总是急匆匆的凛冽寒风，或是漫天的飞雪，也并不是过了下午太阳落山就转入暗冷的黑夜。冬天里特有的宁静暗藏在冷得有些受不住的清冽里，这种宁静的舒缓还藏在冬日午后露出的这一点点温暖里，这温暖虽不热烈，但让人安心和平静，仿佛置身在一本小说里。

时间在这温暖的午后放慢了速度，阳光更是给这个冬天披上金色的外衣。夏天里茂盛的灌木丛现在已经变成了盘根错节的枝条，有的犹如铁丝网，在绿一块枯一块的草地上一丛丛地耸立着。毛毛草也从绿色变成了枯黄，在一阵寒风吹过的时候，轻轻地摆了摆身姿，萧瑟而又孤冷。

小麻雀不经意地在树枝上轻鸣，冬天里有什么能让你们吃饱呢？你们也是在午后出来玩耍吗？那小巧的身影在树枝间飞舞，寂静的冬日有了一丝活泼。

阳光依旧在午后穿行，寒风退去了它的冷冽变得轻柔，我只在这静静的阳光里站一站都是一种幸福。

看着窗外灿烂的阳光，看着同样沐浴在阳光里的暖暖，我想，这个冬天并不寒冷。

“暖暖，夜深了，外面北风呼啸，树影幢幢。”冬天的夜晚风声伴着寒冷，我看着暖暖说道。

“暖暖在你身边。”暖暖轻轻地说。

“暖暖，夜更深了，有人在外面吵架，还打起来了，哭喊声夹带着争吵声一阵紧接一阵，在寂静的寒夜里穿透人心，夜这么深还有人在吵闹。”我看着窗外狂舞的寒风对暖暖说，心中有着些许的不安。

“暖暖睡在刨花窝里，暖暖在呢。”暖暖用那明亮清澈的眼光注视着我。

“是啊，暖暖在呢。夜深沉，风依旧，月亮升起来了，还有一颗明亮、眨着眼的星星，好看极了。”我望着寒夜里的星空对暖暖说。

暖暖从刨花窝里钻出来，望着一轮明月。

“暖暖喜欢有月亮的夜晚。”暖暖明亮的大眼睛在月光里更加清澈，就像夜空里的小星星。

快乐可以传染

“暖暖，快乐是可以传染的。”我对暖暖说。

暖暖困惑地看着我。

“暖暖，我们在吃饭的时候，餐厅里就餐的人们在低语，说得最多的是讨论问题和诉苦，欢乐并不多。食物虽可口，话题可并不让人轻松。

“记得有一次吃饭，突然，一首生日歌响起，烛光闪烁，全餐厅的气氛立刻变成了欢乐的海洋，每一个人脸上都荡漾着幸福的笑容，快乐在一瞬间传染给了每一个人。”

暖暖静静地看着我：

“暖暖的快乐能传染给暖溪吗？”

“当然能，还远远不止这些呢，暖暖的直白、可爱、憨厚、智慧，好多好多，一直都在传染给我。”我看着暖暖笑着说。

出　丑

“暖暖，我昨天出了一个丑，当着很多人的面，真丢人。”我对暖暖说。

暖暖眯着眼看着我。

“暖暖，那出丑的场景我可真觉得不好受，到现在我还觉得很丢人。”我喃喃地说 。

“那有一次我从楼梯上跑下来迎接你，不小心翻在刨花垛里，四脚朝天半天起不来，你为什么那么开心地笑？”暖暖仰着头问我。

“你没有危险，另外你翻着毛茸茸的白肚皮，小小的手乱舞着，那样子可爱极了，因为可爱好看我才大笑。”我答道。

“那你出丑和我出丑有什么不同吗？”暖暖又是一问。

“暖暖，你啃苹果树枝的时候那么用力，那么专注。可你把苹果枝抱着立起来的时候，就像乐手吹双簧管，像动画片里的场景一样，有趣又让人吃惊。”想想，一只小仓鼠抱着一根如铅笔样的苹果枝在笼子里游玩，多令人惊奇！

暖暖偷偷地笑，继续啃它的苹果枝。

“我在看动画片，暖暖演的。”我笑着说。

暖暖笑，抱着苹果枝表演，只是为我。

看着夕阳中小麻雀在树梢上轻鸣，晚饭后我想起了姐姐原来当翻译时给我讲过的一个故事。

“暖暖，我给你讲个很特别的故事好吗？是姐姐原来做翻译时遇见的一件感人的事（故事里的‘我’指姐姐）。”

八达岭长城的春天真是美得令人心醉。

远处重峦叠嶂，长城依山蜿蜒曲折，满山的花朵姹紫嫣红。漫漫雄关，碧空如洗，有时还会看见苍鹰在翱翔。

耳边的山风呼呼地吹过，阳光照在身上，火辣辣的，生硬极了，登上长城，站在雄伟的关城上瞭望，那种豪情万丈的情怀，没有登过长城的人是无法体会的。

我把长城的起源，还有关于它的故事讲给那些金发碧眼的团员们听。团里的开心果麦克，不见了往日的幽默和随意，他的那双蓝眼睛里充满着肃穆和敬佩，常常不自主地问我：“关德林，长城真的是跨越大半个中国吗？真的是前前后后修了一千多年吗？能不能下次我来中国的时候带我去看看那些我们没有看过的雄伟长城呢？看着他蓝眼睛里闪烁着的无比真诚，那一刻，我内心的自豪也激荡满溢。

有机会我一定带着麦克游遍我们的万里长城，更在他的心里播下友谊的万里长城。

从长城下来，我们的午餐既丰盛又可口，既有中国特色，也照顾到了外国客人的口味，麦克又恢复了从前的幽默风趣，这个瑞士大男孩对中国的一切都非常惊奇和热爱，有说不完的话，使不完的劲儿。

回程的大巴车上，麦克新奇地看着窗外，我能感觉到他的依依不舍。午后的阳光暖暖地照在身上，我有些睡意，准备靠在椅背上好好睡一觉，团员们也都静悄悄的，有的看着窗外景色，有的小睡，还有的在看书，只有麦克把手捂在大腿上，看我过来，向我招招手：“关德林，你看，这是什么？”

麦克把手轻轻露出一个缝，大眼睛调皮地看着我。我顺着他的手缝看过去，哈，是一只可爱的七星瓢虫。个头比城里的稍稍大些，健壮，漂亮。

麦克看着我说：“关德林，能停下车吗？”

我关切地问：“干什么？是忘了东西吗？”

“不是，我想把瓢虫放出去。”麦克认真地说，眼睛里充满着期待。

“那你打开窗，放它出去不就可以了吗？”我困惑地说。

“这是在高速路上啊，来来往往有那么多车，它飞出去能飞到安全的地方吗？”麦克顿了顿，接着轻轻地把头转向了窗外，深情地说：“它是长城的瓢虫啊。”

我怔在那儿，被一个外国人的情谊深深感动。我说：“我试试和司机师傅说说看，你稍等。”

我来到司机的边上，轻轻和司机说：“大李师傅，能找个地方稍稍停一下吗？”

“怎么？有人上厕所着急？”大李师傅眼睛盯着前方，车速并没有减下来。

“不是，麦克想把落在他包上的一只七星瓢虫放出去。”

“那让他打开窗放出去吧。”大李师傅接着说。

“麦克说，高速路上瓢虫不一定能飞到安全的地方。”我乞求着，希望这个理由能让大李师傅把车停下来。

“外国人真是奇怪，这是在高速路上，哪能随便停车呢。”大李师傅有些为难和生气。

“我也和麦克说了，可麦克说，瓢虫是长城上的，它应该还飞到长城上去。”我轻轻地说。

大李师傅没有说话，但我感觉到了车速在慢慢降下来，我没有再说什么，怕师傅生气。

车子在一个不知名的出口出来，又在蜿蜒的山间小路上行驶了一小会儿，大李师傅才把车慢慢停下来，他红着脸骄傲而又有些激动地对我说：“领队，咱们得给长城长长脸，这个地方有山，有花，风景超级棒，离长城不远，就让那个麦克把长城的瓢虫放出来吧。”

麦克闪动着清澈的蓝眼睛，羞涩地笑了，车里团员知道了，更是惊呼欣喜。麦克将手心里的七星瓢虫轻轻一吹，瓢虫如霞光般的翅膀飞舞起来，飞向了道路旁的花树丛。大家在那一刻里都没有说话，似乎被麦克放飞的不只是瓢虫，还有对长城的崇敬和每个人心中的美好愿望。

周围安静极了，只有山、树，还有耳边吹着的风，杏花、桃花还有青草的香气淡淡地随风吹来，阳光照在树上、花朵上，还有每个人的脸上，像是罩上了一层幸福的光芒，也照在了七星瓢虫美丽的身影上。

大李师傅站在我身边，悄悄对我说："领队，看来长城在老外眼里真牛，连长城的瓢虫都让他们这么看重，咱们也要给祖国助助威！"

我笑着对他眨眨眼："这也是瓢虫的心意呢。"

暖暖听得入迷。"暖暖，你的心意是什么呢？"我轻轻地问。

"我盼望着暖溪心中那座代表着勇气、信念和力量的长城快点建好，暖溪就可以像花木兰一样帅气啦。"暖暖看着我说。

"我也喜欢花将军！"我看着远方喃喃地说。

外面风声阵阵，月亮周围有一层风晕，星星也被这一阵紧跟一阵的风刮得不时眨着眼。一阵狂风吹起的时候，树叶漫天飞舞，树叶的哗哗声和着门窗开关的叮当响声此起彼伏。

“暖暖，屋里暖融融的，我给你念首诗吧，是陶渊明的田园诗。”我看着在刨花窝里打着盹的暖暖说。

听见我要给它读诗，暖暖马上爬上二层的小阁楼，静静地趴在那儿认真地听我给它念诗，又黑又亮的大眼睛笑眯眯的。听到高兴处，暖暖立起身把两只小手抱在胸前拜两拜：“我听懂啦，我好喜欢啊，可真有趣儿。”

我缓缓地念诗，暖暖一会儿又高兴地玩耍去了，玩着玩着，暖暖钻进了它的小窝里。我慢慢地念，暖暖自顾自地玩，刨花窝的刨花像波浪般涌动，我体会到了陶渊明诗歌里田园般的静谧。

暖暖玩了一阵，累了，在刨花窝里团成一个球睡着了，鼓鼓的腮里藏了好多东西，就像个小狮子，小胡子支棱着，做梦的时候像风吹树叶似的抖动着，小手还露出来轻放在胸前雪白的毛里。

我静静地看着书，暖暖静静地睡觉，花瓶里插着的几朵大红玫瑰花低垂在我的头上，墙上的油画花朵在温暖的灯光下散发着迷人的色彩，我也在这静暖的氛围里昏昏欲睡。

外面的风依旧犀利地吹着，寒冷依旧笼罩在冬夜里，我和暖暖相依在这寒夜里。

我知道在这一刻，我忘了忧伤，忘了害怕，忘了孤独，也忘了暖暖是只小仓鼠。

最大的魔力

“暖暖，你知道什么最有魔力吗？”我望着远方发呆的暖暖问。

暖暖毫不犹豫地回答：“暖暖。”

“暖暖确实有魔力。”我笑笑。

“你知道海豚为什么那么让人喜欢吗？”我又问。

“海豚可以救人，还很聪明。”暖暖仰着头骄傲地说。

“海豚会微笑，其实小狗也会微笑，你看，小狗一笑，主人马上就给肉条，是微笑最有魔力。”我认真地说。

暖暖笑得更迷人了。

夏日遇雨

“暖暖，春天的风格外温暖，风中的花香弥漫在四周，虽然已经入夜，花香依旧浓烈，闻着让人萌生了几分醉意。”

“风中的花香让我想起了一个夏日里的小故事，我讲给你听好吗？”我对晚饭后悠闲地趴在刨花窝里的暖暖说道。

暖暖用小红鼻头闻着慢慢飘来的花香，眯着笑眼对我说：“好啊，花香里听故事，安闲里寻趣事。吃松子也不过如此。”

看着暖暖兴致很高，我讲起了有一年夏日遇雨的故事。

那是一个酷热难耐的中午，我和一位友人相约到不远处的一个小餐馆吃饭。临出门的时候，天渐渐地暗了下来，我们拿上雨伞出发了。

餐厅里人很少，只有两三桌客人，灯光虽然有些昏暗，但也还柔和，和往日的喧嚣比起来倒多了几许清雅和宁静。天色越来越暗，果然，饭吃到一半时，外面开始淅淅沥沥地下起雨来，一颗一颗的雨滴打在落地的窗玻璃上，汇成了一条条小细流，顺着窗玻璃慢慢流下，很快形成了一片朦胧的小雨帘，看着倒也有几分诗意。平日里忙碌的老板娘坐在吧台里打着盹，几个服务员凑在一个角落的餐桌边低声闲聊，偶尔能听见他们轻轻的笑声。我和友人慢慢地吃着饭闲谈。窗外的雨依旧不紧不慢地下着，没有要停下来的意思，我和友人吃完饭撑着伞往回走。

经过一个花树繁茂的小街区时，天越来越黑，风也猛烈刮起来了，海棠树被吹得哗哗作响，柳树枝条更是疾速飞舞，一场大暴雨忽然而至。不一会儿，地上的小石子路已经变成一个个浅浅的小水坑，我卷起裤腿拉着友人就要往大雨里冲。友人却轻轻地拽住了我，看着大雨，她静静地对我说："再大的雨，其实也不过十几分钟而已，不要着急，等一等就过去了。"

看着她那沉静从容的神情，我退了回来。在我们身后有一个正在装修的运动时尚店，店堂里宽敞明亮，亮着几许温暖的灯光。我俩退到时尚店的门口，一个男子站在那里抽着烟，烟头的火光在昏沉天空的映射下忽明忽暗，大雨天里倒多了几分暖意。

不一会儿的工夫，大雨渐渐地弱了下来，厚重的云彩飘向了远方，风也停了下来，雨虽然还在下，但已经轻柔了许多。和友人走进细雨里，看看周围的花树，干净水润，透着几许的娇嫩，我们惊喜不已。

暖暖，我常常想起这雨中的情景，友人的话更是意味深长："再大的雨，其实也不过十几分钟而已，不要着急，等一等就过去了。"

暖暖静静地听着，笑眯眯的眼神就像雨后天空般清澈。

这让我想起在暴风雨的夏夜，无论外面有多大的风雨，小小的暖暖只是安静地在刨花窝里小睡，而且睡得安详、甜美，这种安详和宁静给了我无穷的力量。

“暖暖，讲故事啦。”我轻轻地对暖暖说。

暖暖从刨花窝里露出了小红鼻头，眼睛眯着，小花胡子上沾满了碎刨花，小红鼻子使劲儿地嗅了又嗅，确定没有吃的，又懒懒地躲进窝里睡觉去了。

我笑了，看着慵懒的暖暖，不愿打扰这个小东西，于是坐在它的边上捧起了一本书。

初春的夜晚有些凉，风打在窗户上柔和极了，就像是在轻轻地吟唱，慢一会儿，快一会儿，间或有树枝被风吹拂的哗哗声。月亮升起来了，朦朦胧胧的，星星若隐若现，空气中弥漫着花草的香味。伴着静夜，还有暖暖的小鼾声，这安静里慢慢升起的幸福环绕在了我的周围。

不知什么时候，暖暖醒了，安闲地坐在柔软的刨花上捋毛。看见暖暖醒来，我轻轻地对它说：“暖暖，时间还早，我给你讲个故事好不好？”

暖暖抬起了头，笑眯眯地对我说：“好啊，我想听故事啦。”

“暖暖，这个故事是真的，不是编的。”我对暖暖说。

暖暖清澈的大眼睛看着我。

“暖暖，有一天我去买东西，天晚了，超市里人很少，大大的超市显得空荡荡的，前面有一个走路一拐一拐的男子，样子十分夸张，我本想从他身边超过去，可是我突然想，我的腰疼，就像他一样的速度吧，我便静静地与他同行，他也吃惊地看着我。我在想：‘我们每个人其实都是有残疾的，有的是身体上的，而有的是心灵上的，看着眼前这个身体上有这么大残疾的人尚且快乐自在地在超市里买东西，一个正常人的苦楚又算得了什么呢？’”

“真的是这样，生活的苦每个人都不同，可是在苦中奋斗的勇敢，这是最让人敬佩的。”暖暖轻轻地说。

“我们又一次在卖乳制品的地方相遇了，男子看见了我，脸上挂着真诚的笑容，我也笑了，那种喜悦和理解的幸福可真是像花一样美丽。”

暖暖看着我笑，笑容也像花一样可爱……

“暖暖，在清晨的朝阳里看着树影婆娑下如古罗马大道般宽阔的石阶，蜿蜒阔朗，阳光洒在上面就像是印上了树叶的花纹，宁静里恍如回到了过去，我们也曾在那如诗样的石阶上欢笑，在晚霞映照下的石阶上谈着未来，谈着梦想。

“再看眼前的花影石阶，静悄悄的，太阳升得更高了，阳光也更加温暖，此时有的却只是被阳光烘暖的石阶和在春风里刚刚发芽的紫薇花，阳光静好，欢声难觅。”

望着洒满阳光的石阶，难过涌上了我的心头。

“我该怎么办？”

“想想暖暖的小脚丫，想想暖暖的小胡子，还有暖暖如阳光般美丽的笑眼。”

暖暖看着陷入忧伤的我轻轻地说道：

“还有暖暖毛茸茸的相伴，虽然我很小。”

“暖暖，走进阳光照耀的小胡同里，我闻见了一股蒸包子的碱面的香味，小的时候常常能闻见这样的香味。站在阳光下，我想起了妈妈，想起了儿时的种种温馨，当然也有些淡淡的感伤。”

“暖暖，爱的味道能化解感伤吗？”

“感伤也是一种爱啊。”暖暖静静地回答。

“暖暖，风吹树叶和花朵，春风送暖的感觉怎么样？”我问暖暖。

“暖暖喜欢暖风。”暖暖轻轻地笑。

“暖暖，当春风吹拂着我的长发，那种轻松，那种柔顺，那种蓬勃向上的感觉可真不一般啊。”我回想着在花树里春风拂面，朝气蓬勃的那种喜悦。

“暖暖浑身都是长长的毛，不知吹起来是什么感觉。”暖暖痴痴看着我。

寻 找

“暖暖，胡同里新开了一家咖啡馆，开始装修的时候觉得像是一家设计公司，开业好久了也并没有看见有顾客盈门。前几日闲时误进了这家咖啡馆，看见木架上满是花，重重叠叠好几排，以为自己进了花草培育店，再细看，木架上的角落里还有几本书，在花架的空地上摆了几张看上去并不舒服的沙发，有点像咖啡馆。”

我问店员：“您这儿是咖啡馆？卖简餐吗？”

女店员毫无表情地回答：“没有，只有咖啡。”

站在一旁的男店员也是面无表情，女店员看我并没有要买东西的意思就不再理我了，和那个男店员闲聊起来。

我百无聊赖地走出咖啡馆，“这家店的定位是什么呢？”我轻轻地对暖暖描述着我遇见的这个有些另类的咖啡馆。

“咖啡馆里传来震耳欲聋的摇滚乐，店家想用这种撩人的音乐吸引顾客，可是来咖啡馆的大都是要静心聊天、静心看书的人群，这种震撼的音乐应该在酒吧。暖暖你看，做事要看对象，还要找准定位。”

“嗯，做什么都该认真思考，可不能马虎哦。”暖暖眨眨眼，有深意地看着我。

那村、那田、那人

青橘桥村静静地躲藏在浓浓幽深的山翠里，这里是我先生的老家。

村口稻田间泥土路已经修成了窄窄的水泥路，路口还立着一个非常简陋的小亭子，亭子下有一块不大的石碑，碑上用端正的楷书镌刻着每一位修路捐款人的名字和金额。

看着这简朴的功德碑，我心中平静而又幸福：“为家乡做点事情真踏实啊！”这个小小的功德碑矗立在村口，每一个下地种田回家的人远远地就能看见。时间久远了也许不会有人再在意那碑上的名字，不过看见那掩映在芙蓉树下的小亭子和亭子下的石碑，就知道快到家了，那里有香喷喷、热乎乎的饭菜，有打闹着的孩子们，还有驼着背、弓着腰坐在长条凳上慈祥、唠叨的老奶奶。

先生堂兄的媳妇忙赶过来请我们到她家坐，我喊她“嫂子”。

嫂子和十几年前比没有太多的变化，年轻时的她也是这样风风火火，粗嗓门，皮肤黝黑，身材瘦小，现在看她还是依旧，只是多了些许皱纹。倒是十几年前如花般美丽的那个叫瑾妹子的小女孩已经是两个孩子的妈妈，生活的艰辛和岁月的无情深深镌刻在了她那如诗般美丽的容颜里，沧桑像箭一样穿透了曾经年少的心。

时光的穿梭竟演绎在这古老的小山村里，瑾妹子还是像少年时那样，挨近我，坐在我身旁，我记忆的洪流一下子喷涌而出，极力搜寻着当年的一切美好。

当年，我们全家回湘中青橘桥老家，那时这个小女孩每天放学之后经常带着她的弟弟，有时是一个人静静地来到我的身边，忽闪着水一样清澈的大眼睛，看着我笑，坐在我身边不讲话，只是等着我问她各种问题。

那时的我听不懂湘地方言。我就像个外国人，只能坐在堂屋里看着堂嫂子铡猪草，看我婆婆一粒一粒地挑豆子，要么就抱着儿子坐在门前长瓦高檐的长廊里看风景。

瑾妹子和她的小伙伴围绕在我和儿子身边，他们听得懂普通话，我也能用普通话和他们谈天，我能够沟通的除了我的先生之外就是这些小朋友了。

瑾妹子话不多，在腼腆之中带着一种格外坚定的亲切，她总是静静地来到我身边，那种从心底里流露出的对我的亲近，让我不由自主对这个小女孩产生了深深的爱护之情。她听我讲故事，特别是城里的新鲜事，她从不问，只是笑着听。我如果需要她帮忙，比如和谁说话，当个小翻译，她一定以最大的热情来帮助我。

傍晚吃过饭，她召集村里的小孩子，带着我儿子在青橘桥村四处游玩，尽情欢笑。

远远地就能看见他们用破旧的长条凳反过来抬着我三岁的儿子，

一大群小朋友跟在他后面唱着歌，哄笑着。歌声、欢笑声传遍整个山村。这种欢乐感染着村里每一个大人，大人们也看着孩子们笑。我看见儿子坐在长条凳上，那么多小孩围着他，他就像个山大王一样威风。多少年之后，儿子对儿时的这件乐事依旧念念不忘。

玩到月亮都升起来的时候，儿子也困了，我哄他睡下，瑾妹子也带着弟弟回家了，可常常自己又静静地回到我身边，并不说什么，只是挨着我坐着。

远处的山在月光映照下露出青黑色的影子，山上的橘子树这时也露出了婀娜的身影。偶尔有一两只萤火虫在堂屋前的青石板上飞舞，起起落落，煞是好看。

瑾妹子陪我坐在高大宽敞的堂屋前，静静地看男人们抽着旱烟、打着纸牌，老人们谈天说地。堂屋里一盏小油灯放在窗边，窗格上的木格因为年代的久远已经和老屋土墙的颜色浑然一体，如同一幅山居野店的古画。小油灯被风吹得摇曳，屋里的光影也随之晃动，远远地看有点像皮影戏。我想起第一次来先生家时的场景，先生的老父亲在油灯下掏出一个泛黄的小本子，上面用工整的繁体小楷写着："你不习惯农村生活，看着你吃东西太少，伢心里不安，给你做墨鱼烧肉喜欢吗？"我接过笔写："我很喜欢这里，只是有点水土不服，不要紧。"老父亲不说话，还是有些焦急，和婆婆说了些什么就出去了。没想到第二天村里人就从集市上买了这些食材做给我吃，那一顿包含关切和爱护的墨鱼烧肉，现在我在夜深人静的时候还常常忆起。

农村里的电费高得吓人，他们晚上不开电灯，为了省电，点劣质燃得很快的"四处流泪"的蜡烛，或者点上年代幽深、古朴得让人想起旧时年岁的煤油灯，透过小油灯的光芒，恍若回到了很久很久以前的年月。

当整个山村都静下来，鸡也归笼，偶尔相互拥挤发出一阵小骚乱，屋里的小油灯散发着并不明亮但很温暖的光芒。屋外星星闪烁，月光如水，男人们谈天、打牌，老人们闲谈，孩子们有的已经睡下，而有的还在嬉笑哭闹。村周围稻田边的水汽，夹杂着堂屋里灶膛里柴火的香味，还有小煤油灯发出的淡淡的烟气，弥漫在四周，而青石板、泥土路则在皎洁的月光照耀下发出柔和的光，这一切使整个山村显得格外静谧，不禁让人沉浸在无比的亲切和安宁里。

瑾妹子坐在我身旁，只要我不困，她一定一直这样陪着我。我想喝水，她马上立起身，跑过去帮我倒好端来。在并不明亮的堂屋里她一会儿走进光影里，一会儿又钻进黑暗里。我不熟悉这种环境，常常在寻找光影里的物品时忘了脚下并不平坦的泥土地面，所以总是在黑暗里摸索着前进，动作好慢，家乡人看着我笑，我也觉得自己挺好笑。而瑾妹子就像一个小向导，带着我熟悉这里的一切。我闷了想做什么，瑾妹子跟着我，我想问，就问她，让她再转达。

她在我身边让我一点感觉不到她在刻意为你做什么，仿佛这一切都是她最乐意的事。我有这样一个知心的小伙伴，特别是在语言不通、环境陌生的湘乡的乡村里，这个小伙伴给予我的帮助和温暖就像一朵灿烂的玫瑰花，虽然弱小，但很夺目。

十几年之后的再次相逢，我的泪水夺眶而出。

我们无法回到从前，我想回报给这个小伙伴的爱也因为相隔千里而阻断了十几年。空间阻隔了彼此的思念，千言万语，涌在心中无法说出一个字，我们俩人相拥而泣。我坐在方桌旁的长条凳上无声地哭着、哽咽着，瑾妹子慢慢靠着我坐下也哭着，村里人和我的堂嫂子看着这感人的场面默默地不出声。还是堂嫂子打破了沉默，拿出一个大簸箕端到我们面前，抓出一大把葵花子让我们吃，还有花生和豆子，切好的西瓜也摆在了大方桌上。

我擦干了泪水，平定了一下自己的情绪，露出了笑容，开始问我的小伙伴一些生活情况。这时所有的人也都围拢过来七嘴八舌地问我各种问题，听说你儿子考上了好大学，好福气呀。北京天气好不好，在这里吃得惯吗？更多的是我们在北京曾经帮助过的那些老乡紧紧围着我，说着感激的话，这种热情和真诚在这个小山村里沸腾着。

我们从堂屋聊到屋外，屋外飘着蒙蒙细雨，异常地轻柔，空气更是格外清新。

屋外有一条并不宽的小土路，路是用泥土和碎石铺成的。路的另一边是稻田，秋天了，稻子已经割好，稻田里只有孤零零的、三五成捆的稻草垛，偶尔会有几只小麻雀飞来啄食稻田里的稻粒。

最有趣的还是小路上那几只非常健壮的大公鸡和肥硕的大母鸡，它们雄赳赳、气昂昂地迈着无比悠闲的步子，雄踞在小路的中央。大尾巴一扭一扭的，相互之间还咕哝着什么，慢悠悠地踱着步，根本不把路人放在眼里。倒是自行车、摩托车见了这霸气十足的方阵自觉地躲闪开来，任由着它们在小路上无拘无束地玩耍。

令人匪夷所思的还有那威武帅气的大狗，到了乡下都极其地听话，见到任何人都低着头、夹着尾巴，躲着人们，连眼神都无比地谦恭，温温顺顺地紧跟在主人的身边，随时听候主人的吩咐。陌生人想摸摸它，它更是受宠若惊像个孩子一样紧靠着你，摇摇它的大尾巴，向你示好。总觉得乡下的狗就像是没人疼爱的孩子，那么自卑，那么无助，也许是城里的狗太尊贵、太娇宠了，乡里、城里的狗性情大不相同。

细雨依旧在轻轻地下着，远处起伏的山峦朦胧地隐蔽在重重叠叠的云雾里，露出了淡淡的青色山影。秋风拂来，细雨打在脸上异常清凉和舒服，深吸一口气，空气中的清新沁人心脾。路旁茂密的灌木随风飘来一阵阵清香，淡紫色的小野花躲在硕大锦簇的花丛里，轻轻摇曳着，露出淡雅的花蕊，这紫色的小花，透着一点羞涩，一点好奇，还有一点倔强，和乡里的妹子全然相同。

远处传来了汽车的轰鸣，几辆轿车一瞬间就开到了村口的小亭子边，先生的大哥、我们全家还有随行的亲友匆忙和村里老乡招手惜别。我看着窗外快速移动的景致，不禁想起了多年前的那一幕：

先生的老母亲慈祥地站在村口，紧紧攥着自己的双手，没有言语，没有哭泣，定定地站在村口看着我们。孩子们腼腆的神态里抑制不住依依不舍的眼神。村里的男人们紧拽着先生的衣袖不放，抢着扛行李，拿皮箱，抱孩子。送到村口老远，而后传来惜别时极力用来掩饰的笑声，那笑声爽朗，但更多的是不舍和亲情。

忽然，从稻田间飞过来一只圆滚滚的大黄蜂，径直向抱着我儿子的三姐夫扑去，直直地撞向儿子头上戴的小花帽，它以为那是一朵大丽花呢。三姐夫抱着孩子在稻田间的小路上躲闪腾挪，落荒而逃，大黄蜂紧追不舍，送行的人们看着他的狼狈样子，哈哈大笑。这一笑才将那浓浓的离别情冲淡了。

而今，阳光依旧灿烂地撒满稻田，可没有了大黄蜂那执着、勇敢的身影，也没有了那快乐的乡亲们的笑声，只有那熟悉的村庄和柔和的风，一如往昔。

还有那村口边美丽的小亭子……

“暖溪可真幸福啊。”暖暖依靠着我，一脸幸福。

“是啊，真幸福……”我笑着。

“暖暖，阳光暖暖地照在身上，天空清澈碧蓝，微风拂面，空气里飘来浓浓的咖啡的香味，还有热乎乎的面包的麦香，右手边是豪华的写字楼，左手边是高档社区，中间清晰可见的是湛蓝湛蓝的天空。社区里的窗户上挂着背心短裤还有印着大花的床单，写字楼里则是一丝不苟整齐庄严的单位的大牌子，中间就隔着一碧如洗的天空。工作和家如此之近，工作是为了生活得更幸福、更舒适，可

是我们却常常在工作里忘了自己在干什么，为了什么干，只是在一味地工作，一味地在拼，甚至是争吵，甚至是赌气，再有的就是较量。生活的平常和幸福其实近在咫尺，只是吃饭穿衣，洗短裤搓毛巾晾床单，简单而又贴近。”我看着窗外陷入了沉思。

“暖暖只有一个心愿：看暖溪开心地笑！听大哥哥好听的歌！吃大瓜子，暖暖有点简单。”暖暖认真地说。

“暖暖不简单。”我深情地说。

“暖暖，知道你喜欢吃甜果子，那也不用紧紧抱着从二楼跑到一楼啊，小窝里就你一个小东西，谁会和你抢呢？”我对暖暖说。

暖暖抱着甜果子专注地吃着，顾不上答话。

“暖暖，看着你抱着果子乱跑的样子太好笑了，也太可爱了。”我笑着说。

“你们也是这样。”暖暖直视着我。

我低头在想：“可不是吗，我们不也是这样吗？”

“暖暖，你知道你可爱的样子有哪些吗？”我问正在阳台上玩耍的暖暖。

“暖暖吃饭的时候，着急又知足。

“暖暖捋毛的时候，认真又较劲，非要把自己绊倒才能捋到最不起眼的地方。

“暖暖迎接暖溪的时候，高兴和纯真写足在了笑脸上。

“暖暖喝水的时候，一点一点，一滴一滴。

“暖暖睡觉的时候，模样最好看，要么团成一个球，要么卧成一个球，要么侧卧着露出雪白的小肚皮，还有粉嫩粉嫩的小手搭在肚皮上。

“暖暖跳舞的时候，虽只有几个动作，但是最真心。

“暖暖缓缓地说给我听。”

“还有。”我狡黠地说。

“暖暖想不出。”暖暖仔细想着。

“再想想。”我接着说。

“暖暖实在想不出。”

“暖暖在小跑轮上撒尿的时候，一动不动，发呆的神情，好可爱。”我笑着对暖暖说。

暖暖听我说的是这个，不好意思地笑着躲起来了。

“暖暖，这有什么呢，这是虽俗亦雅的可爱呀。”我对躲起来的暖暖说。

酷暑中盛开的小紫罗兰

“暖暖，我看见了一种非常不起眼又小小的紫色花朵，印象中却很不平凡，我给你讲讲这个不平凡的故事好吗？”我看着在暑热里有些难耐的暖暖，心疼不已。

“好啊，好啊。”暖暖水汪汪的大眼睛眯成了笑眼。

夏日的一天，我顶着炎炎的烈日赶往单位附近的写字楼，天气异常闷热，只走了不到五分钟的路，火辣辣的阳光几乎穿透了我的皮肤和头顶，照在身上更是疼痛灼热难忍，闷热的空气像要把一切东西熔化又都凝固似的，知了在树间声嘶力竭地叫喊，阳光晒得杨树叶亮闪闪的，烤得好像要滴下油来。空气中没有一丝风，柏油路被烤得软绵绵的，踩在上面像是走在地毯上，写字楼的保安和停车场的管理员悄悄躲进了大堂的玻璃门里，路上静得可怕，热空气几乎要把人闷倒，连呼一口气都像是呛到肺里闷得不能出来。我被这暑热所包围，恨不得马上跑进写字楼里，好让凉爽的空调风吹吹我，凉一凉。

正焦躁地跑着，我忽然看到写字楼的花圃中，一片片不起眼的小紫罗兰（后来才知道它的学名叫紫叶酢浆草，也叫红叶酢浆草）

开得异常灿烂夺目，白色的花瓣围拢着翠绿的花蕊，一朵挨着一朵，紫色的叶子舒展开放，在暑热中她们宁静、平和、安稳、舒展，一点都不张扬。

我停住慌张的脚步，伫立在骄阳里低头审视着小紫罗兰：小紫罗兰没有可以移动的脚，没有可以遮挡的手，更没有可以呼喊的嘴，她们只是静静站在难耐的暑热中，不惊，不恼，不躲，不慌张，在烈日里绽放出独有的美丽，在艰难困苦中绽放自己非凡的平静、安稳和顽强，这种灿烂让我狂奔的心瞬间平静下来，慌乱的脚步也慢了下来。在40多度的酷暑中，那一片片小花朵蕴含着的是一种力量，一种安忍、平和与广阔的力量。

后来，每当我混乱、困惑和几近逃避的时候，我就想一想这个小紫罗兰，我们有手，有脚，有自由，有可以支配的空间和物质财富，难道在困难面前还不如这小小的紫罗兰吗?

如果说知了给夏天带来了热闹和快乐色彩，那么开在酷暑中的小紫罗兰带给夏天的应该是另一番独有的色彩，它灿烂盛开，却并不炫目，给夏天增添了些许难得的宁静与清凉。

此刻，暖暖和我仿佛获得了小紫罗兰的力量，这花朵带给我们灿烂、宁静和清凉。

暖暖的梦

暖暖睡觉的时候也会做梦，小耳朵一抖一抖的，小脚丫轻轻地划动，看着它做梦的样子，我心中好奇地想：“这个小不点儿的梦境会是多么小啊，该是怎样的奇异呢？”

“我梦见了天空、海洋、灿烂的花朵，还梦见暖溪重拾了自信的笑容。”暖暖轻轻地对我说。

我该怎么办

“暖暖，黄昏深沉，夜幕初现，车水马龙，万家灯火，而我却迷惘、不安，暖暖，我该怎么办啊！”黄昏里的我陷入了悲伤中。

“暖暖等你回家！

“暖暖看见你高兴得手舞足蹈！

“暖暖等着你给暖暖好吃的好喝的！

“暖暖看见你就觉得安全了！

“想想暖暖毛茸茸的可爱模样！

“万家灯火的时候，还有暖暖期盼着你回家！”

暖暖用清澈的目光看着我，那目光里还有深深的爱！

“暖暖，因为把你的小窝清洗干净，你又生气了是吗？我知道暖暖你的焦虑，知道你的怀旧，也知道你的习惯，可是，暖暖，小窝里脏了，必须清洗啊。”我对伤心的暖暖说。

暖暖喜欢旧窝，可是有些脏了，不得不给它换上新窝。

暖暖不理我。

暖暖不吃，不喝，只是懒懒地趴在台阶上闭着眼睛睡觉。

好像得了一场大病。

暖暖全身趴着，不是窝成一个球，就是趴在台阶上轻轻地闭着眼，偶尔睁开眼也只是一条缝，看着真让人着急。

“暖暖，你新的小窝可干净了，有粮食，还有散发着木头香气的新刨花，可暖和了。”

暖暖眼里含着泪，依旧趴着，不理我。

我读懂了暖暖，那旧的窝是暖暖一点一点用勤劳和智慧搭建起来的，用了近半个月的时间才搭好一个舒适温暖的窝，可是现在却让我给捣毁了，暖暖伤心了。

“暖溪，我知道新窝好，可是往昔是首勤奋和努力的歌呀！”暖暖眼里有太多的依恋。

暖暖也好看

暖暖，我们去郊区踏青，出发堵车，回城也堵车，原以为会像在电视里看到的人们那样烦闷，其实身临其境的时候并不那么焦躁。夕阳里看着望不到头的长长车队在高速路上爬行，大家都是以同样的心情看景，以同样的心情回家，这回家的幸福就像潺潺的流水在晚霞里蜿蜒，勾人心意。

我看见两只浅棕色的长毛小狗相互依偎着，有时又伸出小脑袋用水汪汪的大眼睛看风景，它们东张西望的样子可爱极了，前面夫妻俩说笑着，后座上的小男孩已经睡着了，看着他们的幸福，我也被感动了。

“可真幸福呀，去郊区不带我，下楼散步可以带上我呀，大家也会羡慕呢。你看我的毛多白，我有空就捋毛，非常认真呢，我的样子也是毛茸茸的，可爱极了，暖暖在夕阳中也一定好看呢。”暖暖说。

“暖暖什么时候都好看！”我摸摸暖暖的小耳朵笑着说。

暖暖笑了。

“暖暖，我说你坏话你听得懂吗？”我问正在刨花窝里玩耍的暖暖。

“你会说我坏话？”暖暖一头雾水地看着我。

暖暖，我们那天去跑马场玩，在马圈里看见好多匹马，有白马，黑马，黑白花的马，还有红鬃马，可好看了。

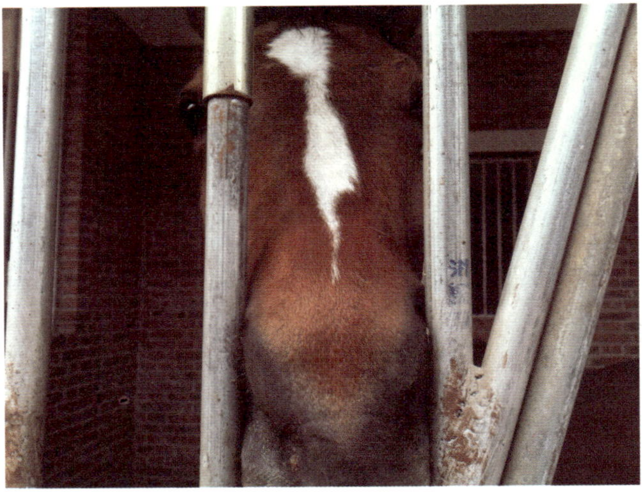

走着走着，一个朋友突然对着围栏里一匹红鬃马说：“你看这匹马太矮了，不好看，大牙也不好看。”

没想到马儿听懂了。我们和它玩，它把头伸过来让我们抚摩，那个朋友走到它身边时，马儿立即把脸扭过去不理他。

我们笑着说，马听懂了他说的话。所以不能随便瞎说话，动物也与人一样需要获得尊重。

我对暖暖讲述着我们在跑马场遇见的这件趣事。

“小马知道，暖暖也知道呢！”暖暖神秘地说。

星空下的喜鹊窝

暖暖在灯下的书本旁睡着了，手里还捧着半瓣没有吃完的橘子，看着暖暖甜甜的睡态，我不忍打搅它。一阵风吹过窗棂，暖暖醒了，眼睛还眯着，看看我，又看看手里的橘子，懒懒地吃了起来。看见暖暖起来，我对似乎还在梦里的暖暖说：“暖暖，听个故事吧，解解困。我给你讲个我们在郊外薰衣草花园的故事吧。”

暖暖静静地趴在书上，等着我给它讲故事。

“暖暖，我们在薰衣草花园看见了一大片草莓地，总以为草莓是长在树上的，没想到是矮矮地长在地上的。那天我们看到的是蔫了的草莓秧，还有落了很多土的零星的几颗草莓，别的几乎看不见。

“在这条种满草莓的长廊里，有一条用碎石头和渣土铺成的长长的路，两边的葡萄藤还没有长出来，露着空落落的架子，风吹过来卷起一层沙土，吹得让人睁不开眼睛，长廊在傍晚的夕阳里显得愈加苍凉。

“葡萄架子的顶棚上有一个喜鹊窝，孤零零的，细看，是由好多小树枝搭起来的，圆圆的窝别在钢架和顶棚之间的缝隙里，窝搭得非常精致。想想，当晚霞洒落，夜晚星空照耀时，在这温暖的窝里，相依偎的小喜鹊该是多么浪漫和温暖啊，风雨严寒又算得了什么呢？”

“暖暖的窝可精致啦，不比喜鹊差。暖暖在刨花窝里有吃的，有喝的，还可以在夜晚听琴、读诗，暖暖的窝还有一个小门呢，是自动的，是暖暖自己设计的，只要暖暖钻进去门自动就关上了，暖暖喜欢，暖溪也喜欢。暖暖喜欢在灯下的刨花窝里玩耍，因为有暖溪的陪伴，有爱就有家，星空下的喜鹊窝里也有喜鹊妈妈的爱呀。”暖暖笑眯眯地说。

柳絮与暖暖的毛

“暖暖，又到了京城无处不飞花的时节，京城的柳絮漫天飞舞，一团团，一簇簇，随风自在地在慵懒春日的午后慢慢飘舞着，调皮的时候还会钻进人们的鼻孔，人们走在柳絮里远远地看像是在雪花中行走。”我对正在捋毛的暖暖说。

“暖暖你掉毛的时候，掉下的毛细细的，一小团一小团的，毛茸茸的，像是轻轻的柳絮，有的时候和刨花窝里的刨花搅和在一起，

像是小鸟窝。”我笑着对暖暖说。

“暖暖掉下的毛是旧毛，有些脏，脸上和两腮的毛可是雪白雪白的。”暖暖笑着说。

暖暖作诗，正是：旧毛如柳絮，新毛如雪花。

“看着虽俗，倒也真实。”我笑道。

深夜里暖暖的站岗

深夜忽然刮起了大风，起初不觉得，猛然听见“哐啷”一声，有东西掉落，我睡得正熟，想想也可能是厨房的东西掉下来了，声音并不大，再说天气寒冷不想起来看，便依旧蒙蒙眬眬地睡了。

不一会儿，又是一阵响声。我心中有些警惕起来，侧耳细听，一会儿响一下，过一会儿又响一下，看来觉是不能再安宁地睡了。我披衣起来，打开灯。外面夜色深沉，修马路大车大功率马达搅拌水泥的轰鸣声响彻整个寂静的街区，几盏昏暗的白炽灯在寒风中晃来晃去，作业的工人们在灯下忙碌，铲土的声音、卸沙子的声音，间或夹杂着几声小狗的叫声。

呼呼的风响穿透了玻璃窗，树影摇摆，被风吹起的沙土像浓雾一样疯狂地乱钻。我定睛看阳台的窗户和门，大敞着，原来被风刮掉的是阳台门的插销，于是紧走几步把窗户关严，重新把插销插好。

返身回到屋里，看看暖暖在大风天的夜里干什么呢，冷不冷？发现暖暖你也没有睡呀，身上的毛皱皱巴巴的，在窝里静静地玩耍，看见我来了，一个箭步冲过来，两个小手扒着笼子高兴地迎过来。

“暖暖，刮大风了，你害怕吗？”

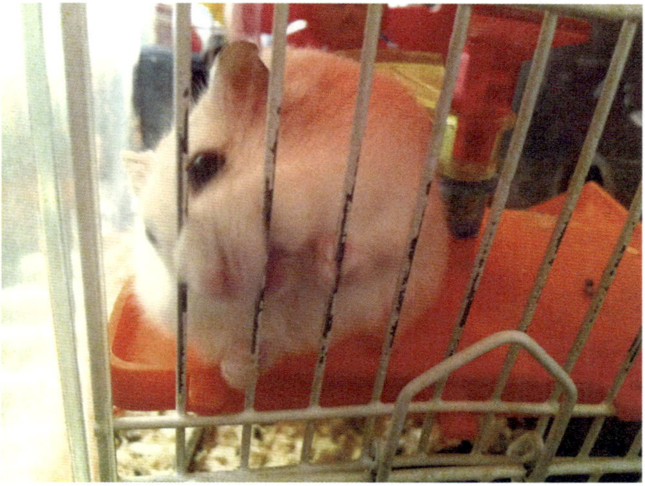

“暖暖不怕，暖暖还要保护暖溪呢，我在站岗呢，这么大的风，我可不能睡呀，有什么动静我可以啃杆来告诉暖溪啊。”暖暖大眼睛里满含着坚定。

“暖暖，我也不怕，有暖暖的陪伴，我还要保护暖暖啊。”

我和暖暖在起风的夜里相互依靠，相互鼓励。

“暖暖，我有一天遇见了一件不同寻常又令我吃惊的事，你想听听吗？”我问晚饭后慵懒地趴在窝里的暖暖。

“当然啦，怎样的不同寻常呢？”暖暖有些兴奋。

“在花园里有一只非常漂亮的雪白的流浪猫，毛长长的，两只蓝眼睛晶莹剔透，因为是流浪猫，所以毛稍微有点脏，但还是掩盖不住它的美丽。有一个小商家在门前放上了一小碗干净的水和一大碗猫粮，这只漂亮的猫时常安闲地在阳光里吃饭喝水，然后蜷缩在门口的长木凳下捋毛睡觉。

“忽然有一天，我看见它慢悠悠地走在洒满阳光的石阶上，拾级而上。一身雪白的毛长长的，就像童话里穿着长裙的小公主，它的那种安静、悠然和自信，在阳光的映衬下，美得令我不敢相信自己的眼睛。暖暖，这算不寻常吗？”

暖暖张大了小嘴：“暖暖的天敌这样美丽，流浪的时候还这么漂亮，真是不寻常啊。”

“暖暖，还有更不同寻常的呢。”我接着说。

“又是一个阳光明媚的下午，我又看见了这只漂亮的猫，它卧在那个小商家的门口，造型大变。头剃成了圆圆的，像球一样，身

上的长毛都剃干净了，只有小脚丫留下了厚厚的毛，像是穿了小靴子。我看着它圆圆的好笑的头，几乎都认不出了，不过它蓝蓝的眼睛更幽深漂亮了。我心里想，当初它的主人绝想不到自己遗弃的猫是个这么漂亮英俊的小伙子！暖暖，你看，其实漂亮也是可以隐藏的呀，爱能让美发出令人惊叹的光芒。”

暖暖不语，低头沉思，然后慢慢地说：“猫咪重新找到了家，找到了爱，那身神气的装扮哪里是装扮啊，是爱的美颜哪！”

天空中的大花朵

暖暖在刨花窝里玩耍，外面的风柔和地吹着，午后的阳光照在身上暖融融的，让人昏昏欲睡，我对暖暖说：

“暖暖，暖和了，下午有时还会很热，真的像夏天了。树荫下露出了阴凉，可以看见小小的菊花，黄色的，轻轻地拿在手上，专注于它的弱小和美丽，没有炫耀，没有张扬，只是普通寻常地捧在手心里，即有点点欢喜。

“还有一种小紫花，比小菊花高出好多，叶子像熏蚊草，在淡绿色的叶面上还有一层细绒，花蕾不大，远看像一丛一丛的紫色的小星星。最让人惊奇的是，真正绽放出的却像是蒲公英，紫色不见了，变成了银色的花瓣。午后太阳的光辉洒在它的周围，仿佛涂上了一层薄薄的光晕，闪着淡淡的光，上面的绒花紧紧地沾在花瓣上，风吹过的时候，紫色的花瓣和着银色的花瓣还有大朵的乳白色的绒花，在樱花树下绚烂夺目。

暖暖，我在桌子上给你放了一朵粉色的玫瑰花，插在晶莹雪亮的玻璃杯里，可好看了，你喜欢吗？”

“暖暖喜欢，暖暖看大花朵就像整个天空都是大花朵。”暖暖开心地说。

清晨，坐在花园的葡萄花架下，浓密的花荫将夏日的闷热都浸凉了，葡萄藤在风中摇曳，紫薇花一簇簇开得热烈灿烂，青绿色的花骨朵也是成团成簇，有几丝蛛网在阳光下闪着金光，上面的露珠晶莹剔透，小蜘蛛在丝网靠近树叶的地方熟睡。高处的知了在欢唱，时强时弱，像是商量好似的。一只老虎花纹的大花猫静静地卧立在茂盛的绿草丛中，琥珀色的大眼睛闪烁着明亮和机警，也许它是在屏息捉蚂蚱吧。经过它的时候，它眯了眯漂亮的圆眼睛，但身姿依旧挺拔不动，高高地昂着头，闪着金光的胡须清晰可见，圆耳朵竖得老高。

一群小麻雀在花间凉亭叽叽喳喳地啄食，突然，一只浅棕色的泰迪犬从玫瑰花丛里钻了出来，打扰了小麻雀们的盛宴，小麻雀对着泰迪犬轻叫着表示不满。

风依旧轻轻地吹着，凉丝丝的，葡萄藤轻轻拍打着枝条，远处吹来的月季花的淡淡香气让我陷入了一丝伤感之中，我不知道自己能否鼓起勇气，直面困难。

暖暖看着我，把头埋在了我的手心里。

我知道，这是暖暖温柔的鼓励。

暖暖最美丽的时候是两只小手紧紧捧着玉米粒，毛茸茸的身体团成一个球，专注、安静地吃着的时候。又黑又亮的笑眼放出满足而又幸福的光芒，这光芒柔和地在四周蔓延开来，让人感到无比的暖意和安详。

勇敢的毛毛虫

“暖暖，我给你讲个故事你爱听吗？这个故事是真的。”

“爱听，暖溪讲故事我最爱听。”暖暖高兴极了。

暖暖静静地趴在二层的小阳台上，水汪汪的大眼睛看着我，等着我给它讲故事。

“暖暖，我每天吃完午饭回办公室，都要经过那条水泥路。晴朗的日子里，水泥路总是被阳光照耀着。冬天里宽阔的路面反射的阳光是如此温暖、珍贵，刺骨的风都被它晒暖了，刮在身上也变成了羊绒般的感觉。春天的风虽然很大，也夹带着尘土，可是阳光把这正午的水泥路照得通透、豁亮，只让人觉得清楚分明，干干净净。

“而我要讲的这个故事是发生在初夏的正午，阳光直照，有了些许的毒辣。我正急匆匆地走回办公室，四周安静极了，没有一丝风，水泥路被刺眼的阳光照得白花花的，路边的大楼是斜三角形的，有着好多玻璃幕墙，大楼在正午的阳光里越发显得耀眼和寂静，马路的另一边是个小土坡，上面是萋萋的青草，伴着零星小小的野菊花倒也有趣呢。

“夏日正午的阳光越发火辣，我的内心不免有些焦躁起来，步子越发迅速。就在这时，我看见一只翠绿色胖胖的毛毛虫也在急匆匆地过马路，胖胖的身子一扭一扭的，它想去路边的草丛，马路很宽，阳光毒辣，可这只毛毛虫并不在意，它的眼里满是绿荫浓密、花草繁茂的绿草坡，忍着酷热，忍着烫脚，毛毛虫可是有那么多只脚啊。周围静悄悄的，我盯着这只绿色的毛毛虫，被它那无所畏惧、执着，还有一点点憨态的美深深地震撼着。阳光照在毛毛虫的细绒毛上，放出了淡淡的光芒，似乎是有了一层五彩光晕罩在它身上，又像是蝴蝶的翅膀落在它的身上，毛毛虫的大眼睛明亮清澈，在厚厚的睫毛下还有更多的执着和顽皮。”

我接着说：

“暖暖，看着这只勇敢又执着的毛毛虫，我在想，其实我们是相似的。人类觉得自己美丽勇敢，毛毛虫也一样，应该说在当时那只毛毛虫更美。”

到现在我还常常想起那只可爱的毛毛虫雄赳赳擂着小战鼓斗志昂扬的身姿，还有那双憨态可掬坚定无比的大眼睛。

暖暖坐在刨花窝里捋着小胡子偷偷地笑。

“暖暖，天黑了，我们吃过晚饭做点什么呢？听听音乐？”我对刚刚吃过晚饭的暖暖说。

暖暖自顾自地在喝水玩耍，蘸着水捋毛，捋着捋着竟将头埋在刨花里睡着了。看着这个憨态可掬的小东西，我只好坐在旁边看起书来，看着看着竟也像暖暖一样打起瞌睡来，赶紧站起身喝点水来驱赶睡意。

当我坐回沙发上的时候，暖暖已经醒了，赖在刨花窝里眯着眼捋毛。

“暖暖，你的毛已经够干净的了，比雪还白，不用总是捋毛，可爱的暖暖陪我玩会儿吧。”我笑着对暖暖说。

“那暖溪给我讲个故事吧，我最喜欢听故事，暖溪讲的故事不是瞎编的。”暖暖认真地说。

“好，就给暖暖讲个我亲眼所见的趣事。”我递给暖暖一小粒糖。

暖暖趴在刨花窝里探着半个身子听我讲趣事。

“暖暖，我前两天去一个大型商场，将车停在路边，回来的时候看见一个简易电动三轮车正准备停进马路牙子边的铁栏杆里，车上挂满了五颜六色的氢气球，还有好多卡通图案的大气球。三轮车停稳，大气球连着绳索全部被车夫拴在了三轮车的铁杆上，这时，从气球里面钻出一只黄白相间的小狗，毛茸茸的，它探出身子想让车夫抱它，但车夫的腿有些残疾，小狗便乖乖地站在车里张望。车夫没有抱小狗，而是和蔼地和小狗说了几句话，小狗便乖乖地藏在大气球里不出声，神情严肃又乖巧，还有淡淡的依恋。

“黄昏来临，商场门口人来人往，灯火通明。大树下的花气球吸引了过往的行人，车夫在暗色的树影里忙碌了起来，那只小狗藏在花气球里不出声，没有人知道在斑斓的气球里有只可爱懂事的小狗，车夫身体的残疾也没人知道。

“暖暖，我看着这一幕，总觉得生活的艰辛并没有夺去车夫的欢乐和勇气，真令人敬佩。暖暖，你觉得呢？”

“只要有爱，多大的困难都不怕。暖暖的天地就只是这么大，有暖溪的爱护就足够了。爱就是最大的幸福和快乐，其他的那些像残疾、生活简陋、卖花气球等，都算不了什么，爱其实就是最好的生活。”暖暖坚定地说。

暖暖的清凉

暖暖，天气热起来了，有的时候气温都在36度，甚至蹿到37度，真令人难受，也不知道怎样才能舒服。

暖暖，看你沉沉地在窝里睡觉，还睡得那么香甜，小嘴噘着，小手藏在毛茸茸的小肚皮下，侧躺着露出小耳朵，呼呼大睡，给你吃的也不起来，夏天的午觉有那么香，那么美吗？

暖暖依旧在香甜的睡梦里享受着。

酷暑难耐，这个小东西，团成一个球卧在二层的阳台上，浑然不觉天热，看来暖暖的心是安静清凉的。仔细端详着睡梦中的暖暖，这个小东西可真好看哪！暖暖似乎发现了我的注视，翻着小肚皮，眯着眼睛，看看我，看看它的小食盆，再看看我，又看看小食盆，扬起笑脸啃起杆来。

暖暖看着在酷暑里难耐的我轻轻地说：“暖溪觉得热了，看看我就会忘了热，暖暖睡着了，团成一个毛绒球，暖溪看着就不觉得热了。暖暖的绒毛里还藏着很多清凉呢。”暖暖调皮地眨眨眼。

花间小蜜蜂

“暖暖，听故事啦！”

听说要讲故事，暖暖马上凑了过来，一脸期待。

“暖暖，春天花开的时候最美，有桃花、樱花、梨花，还有一簇簇的迎春花、紫丁香、野菊花，一团团冬青树上开满了乳白色的小碎花，幽幽的香味沁人心脾。漫步在花丛里，仿佛与俗世里的纷乱隔离了开来，心中涌起了一阵安宁、清悠，或许本来的世界和生活就应该是这样的吧。

“几只蜜蜂在冬青树的小花里飞舞着采蜜，其中一只胖胖的蜜蜂还提着小蜜桶在花间忙碌。我俯下身仔细看着这只小精灵，它的翅膀透明轻盈，在阳光下闪着金光，眼睛大大的，眼神中懵懂与可爱相互交织，圆滚滚的肚子毛茸茸的，后面还有一个小尖，像是月牙的角。它的小脚丫踩在花朵上的时候团在一起，小蜜桶就挂在它的小脚丫上，它的轻盈可爱令花朵似乎都为它绽开了笑脸。

“胖胖的小蜜蜂从一枝花朵飞到另一枝花朵，周围静悄悄的，四周的世界仿佛就是花朵的世界，安静灿烂，绚丽多姿，连飘浮的风都夹带着馥郁的花香。”

暖暖听得入神，发呆地看着我。

“暖暖觉得景致很美。暖溪，暖暖的小粮仓也是圆滚滚的，暖溪觉得美吗？”

“暖暖有暖暖的美，小蜜蜂有小蜜蜂的美。”我怜爱地对暖暖说。

暖暖翘起了小胡子，露出了笑脸，一会儿又低眉，忽闪着长睫毛，用两只小手捋着它鼓鼓的腮上的毛，一遍又一遍地捋着不理我。

深夜的相伴就像一盏暖人的灯

暖暖，外面的雨停了，清新的空气扑面而来，房间里的暑热也被清凉的夜风吹走了，灯光下我和儿子闲聊，聊世界杯、校园趣闻、音乐、美食……

夜深了，我和儿子还在聊天。看见暖暖趴在二层的阳台上也静静地听着，一动不动地趴在那里，又像是在出神。

“暖暖，你困吗？”我问。

“暖暖听着你们聊天高兴，看见暖溪深夜闲谈，没有孤独，没有伤心，没有害怕，暖暖觉得温暖极了，哪里还顾得上睡觉啊。”暖暖高兴地说。

暖溪，儿子，还有暖暖，在深夜里相伴。夜风更加凉爽，偶尔听见风吹树叶的哗哗声，柔黄的灯光温暖如水，深夜里的相伴就如这温暖的灯光，照彻心扉，柔软心底。

暖暖的轻纱帐

夏天的暑热让人难耐。

到了夜晚，白天的燥热和湿气被夜晚的暮色所笼罩，月色朦胧，小鸟们躲在窝里睡觉了，知了更是不知藏到哪儿去了，也不见了歌声，留下的只有闷热的空气，包裹在四周，让人不知所措。

吃过晚饭，天已经黑下来了，看着电视也觉着无趣。外面的暑热依旧没有退去，洗个澡凉快些，于是将灯光调暗，身心也渐渐安宁了下来。

暖暖懒懒地趴在它的小阳台上小睡，身上的毛有的地方因为天热出汗湿乎乎的有点脏，特别是脖子的周围，更像是被水淋湿了一样，隐约露出了粉嫩的肉。

夜深了，暑热并没有退去，只好摇着扇子纳凉。轻轻把暖暖笼子上的绿纱巾盖上，柔和的灯光便透过绿纱巾照进了暖暖的笼子。纱巾像是轻盈的蚊帐，暖暖则像个棉花团一样趴在小阳台上睡觉，温柔又安宁。

夏夜的暖暖和我们一样住在轻纱帐里，编织着独特美丽的梦。

“暖暖在轻纱帐里干什么呢？”我轻轻说。

“梦见好吃的，还有花和草，有月光，有蛐蛐的叫声、夏夜的玩耍，还有暖溪从伤心里重拾信心后的欢声笑语……”暖暖轻轻地笑，那笑眼就像个小月牙。

“暖暖，你的毛那么雪白，为什么总是要捋毛呢？”我看着捋毛的暖暖说。

“暖暖捋毛就像你们每天洗脸洗澡，毛很容易就脏了，不捋就不好看了。”暖暖一边捋毛一边说。

“暖暖，看着你那么认真地捋毛，连后面的小脚丫都抱着捋半天，像是捧着小旗杆，小红鼻子就像点点海棠花，我们洗脸的时候可没有这么好看哪。”我打趣地对暖暖说。

“你们洗脸就像春天的细雨飘洒在整枝海棠花上一样，暖暖看着好看。”暖暖认真地说。

夏夜里的欢笑

晚饭后，天气炎热，下楼乘凉。

外面月光如水，可是闷热并没有被柔和的月光驱退，入夜了依旧很热，知了也来凑热闹，开始是轻轻地清唱，渐渐地越来越多的同伴加入了合唱的队伍，歌唱声越来越嘹亮，缓一阵，急一阵，轻一阵，重一阵，似乎有个指挥家在夏夜的树梢上卖力指挥一样。矮处的蛐蛐比不过，悄悄地躲进了树丛里小声地哼着小曲儿，偶尔在知了幕间休息的时候可以听见它们别具一格的轻鸣，静静的，别有一番韵味。这刹那间的安静让我体会了一种不一样的美：热闹喧嚣之后的那种安静，沉淀清澈得让人屏息聆听，心旷神怡，久久回味那舒缓与安宁。

回到家，暖暖已经睡了，我轻轻地关了台灯去洗澡，准备睡觉。

洗澡之后看看暖暖是否起来玩耍，暖暖看见我，望了望它的小食盆。

“暖暖，这么晚了再吃东西要长胖了，要不，吃点水果吧。”我给了暖暖一小块苹果，暖暖高兴地抱着苹果吃，鼓鼓的颊囊撑得满满的，像个大胖猫。

“暖暖喜欢夏夜，夏夜可以晚睡，可以有好吃的，还有朦胧的蚊帐，让我的窝更好看。暖暖喜欢在夏夜里看着暖溪摇着蒲扇时的开心的笑、甜甜的笑，当然还有看着我捋毛、洗我鼓鼓的颊囊时的乐颠颠的笑。暖溪，每次听到你笑出声来，我也开心得像吃了大花生呢。”暖暖捧着苹果高兴地看着我说。

暖暖的脸上写满了知足，而我，在这个漫长的夏夜里也被暖暖充满了爱和喜悦的温暖包围着。

行动是另外一种语言

盛夏天气炎热，湿漉漉的空气连带着任何地方都黏黏的，湿湿的，暖暖耳朵附近的毛也像被打湿了一般粘在身上。看见我来了，暖暖使劲儿地啃小水桶边的杆，趴着啃，抱着啃，站着啃，不停地啃杆。我看着暖暖着急的样子，不知怎么了，细细看看，原来小水桶里没有水了，暖暖不会叫，只有通过啃杆的动作告诉我，真是聪明的小仓鼠。

给暖暖盛上满满一桶清凉的水，暖暖抱着水管使劲儿地喝，一下子喝了三分之一，然后翻着小肚皮侧卧着睡着了。

夏天暖暖用水可真多呀，三天就是一小桶。暖暖的表达更是可爱，别小看暖暖啊！

冲进欢乐里

早上起床经常看见暖暖抱着小水管喝水，认真地坐在小水桶边洗脸，捋毛，把小手、小脚丫、小颊囊、小胡须，全身的毛都捋一遍，然后静静地趴在窝里等着吃早饭。看见了给它的小食盆，暖暖总是高兴地从二层的阳台上蹦下来，像是跳水，站在跳台上，用小胡子量量食盆和跳台的距离，然后非常准确地跳在小食盆里，冲进欢乐里，然后再爬出来，把头深深地埋在食盆里吃饭，那种欢乐和知足劲儿，真是令人动容。

暖暖吃饱了就捋毛，然后幸福知足地睡觉去了。

“暖暖，在小花园里有一块不大的地方，总是种着各种不同的植物，蔬菜有茄子、辣椒、南瓜、豆角、丝瓜还有宝葫芦。花卉则有玉兰、紫藤、玫瑰还有月季花。有时花匠会把其中的蔬菜或是花的小苗重新种到大花园里，让这些菜和花在大花园里生长得更加茂盛。一开始它们只是一株株小嫩苗，我每次经过小花园时也有期待，但因为花期的漫长，关注的热情便慢慢消减了。后来在不经意的瞬间突然被绽放的大花朵震惊，才忽然觉得种瓜得瓜，种豆得豆，一点不差，虽然时间有点漫长。”

“暖暖，我们种点什么吧。”看着暖暖抱着苹果枝在玩耍，我轻轻地说。

暖暖从它的小食盆里叼来了一颗小米，放在了它的小阳台上。

“暖暖，那我来种辣椒吧，在花盆里浇点水就出芽。”我对暖暖说。

暖暖又叼来了一粒黍米，放在了它的小滚轮的边上。

“暖暖，种棵小榕树吧，可以买一颗苗，然后就等它慢慢长大，可好看了。”我接着说。

暖暖从刨花窝的小粮仓里抱出一颗大花生粒放在我的手里。亮晶晶的眼睛笑成了小月牙：“种这个，可以结好多花生。”

“暖暖，我们还可以种好多。”

“是啊，我们可以种好多。”暖暖高兴地跳起舞来。

我看着可爱的暖暖轻轻地说：“我们还可以播种美，播种幸福，播种仁慈，还可以播种爱……”

暖暖的歌声

暖暖，有些歌特别好听，说不出为什么，也许是旋律，也许是曲调，总有让人感动的地方。在音乐的思绪里，有忧伤，有回忆，有温暖，有欢喜，在音乐中穿越，往昔的人物总会慢慢地在思绪里浮现出来。

有一天，突然听见你的鼾声，让我惊诧不已，“我家小仓鼠打鼾还有声音呢”，像是在唱歌，有时又像是悠扬的风笛声。静静地聆听，能听见你轻轻的鼾声，就像蛐蛐的叫声，但要把耳朵贴近你的刨花窝才能听见，细细的，仿佛听见了蚂蚁的叫声，我的惊奇和诧异无法形容。暖暖，这是你的歌声，其实你一直会说话，会唱歌，我能从你的表情和行动中看出来，可是我们听不懂你的语言，但这并不妨碍我们的交流和我们对你的喜爱。

暖暖醒了，露出了晶莹黑亮的大眼睛，把小手放在栏杆上高兴地啃杆，小花胡子在清晨阳光里闪烁着银色的光芒。浓浓的快乐与幸福环绕在它的周围，也许暖暖的歌声也在飘扬呢。

“暖暖，秋天里的阳光果然不同，照在身上温暖柔和，阳光看起来强烈透彻，温度却柔情万千，走在秋天的阳光里，没有风声，没有树响，好像一切都寂静了下来，难道平日里是风带来的热闹？漫步在秋日的阳光里，只能听见自己的脚步声，忽然，一只漂亮的小花猫从一大丛盛开的小喇叭花里歪着身子露出头来，淡棕色的眼睛明亮迷人，小猫用低得几乎让人听不见的声音，喵喵地叫了两声，然后又悄悄地钻进喇叭花里不见了踪影。”

“四周的安静和温暖猛然间让我觉得很奢侈，大自然给予我们的那么多，我们却一直还在追逐，追逐我们认为需要的东西，其实这个东西到底需不需要，可能我们根本就没有认真想过，只是一直迷失在了追逐的游戏里。”我看着窗外，静静地给暖暖讲道。

暖暖困惑地看着我：“暖溪，你现在不就在追逐你的念头吗？”

“暖暖，在秋天阳光里的行走让我有了更多的思索。”我看着正在小阳台上静静趴着的暖暖说道。

“暖暖，在秋天的阳光里行走，迎着阳光，看见的万物就都是欣欣向荣的，都镶着阳光的金边，而背着阳光，看见的就是忧伤和萧瑟。我更愿意迎着太阳，如果不小心走进了阴影里，我就把忧伤当成一首凄迷的爱情慢歌，静静地回味，淡淡地遗忘。”

“暖暖爱看暖溪的笑脸，爱听暖溪的笑声，暖溪伤心不要太久。天空中还会有厚云，有飘雨，但暖暖会像阳光一样，穿透乌云，永远陪在暖溪的身边。”暖暖明亮的大眼睛直视着我，目光就像阳光般灿烂和温暖。

重识蝴蝶

“暖暖，秋天的夜里好像更有趣了，没有夏天的炎热，冬天的寒冷也还没有来。秋天仿佛给万物都镶上了一层神秘的金边，就连在夜晚，黄色的银杏树和渐渐变黄的白杨树都变得神秘莫测，仿佛是幽蓝暗夜里的一幅迷人的油画。人们说秋天充满了童话的色彩，一点都不假。暖暖，在这个晴朗的秋夜，我给你讲个重识蝴蝶的故事吧。”看着暖暖在刨花窝里玩耍，我对暖暖说。

小的时候家住在桂林，桂林的喀斯特地貌造就了与众不同的风光，梦幻，瑰丽。可是，那个时候小，不懂什么叫山水，只知道成天在山脚下疯玩，特别是放学之后常常和小伙伴们玩到天黑，爸爸妈妈叫吃饭才磨蹭着回家，扒了两口饭就又和小伙伴们在月光里捉萤火虫去了。

那时候，满脑子都是玩，也经常和小伙伴们一起捉蝴蝶，逮蜻蜓，捉蚂蚱，抓萤火虫，把它们当成我们的玩物。长大了，知道伤害动物是最无情的事情，就再也没有伤害它们，我也对我小时候做的错事感到羞愧。特别是蝴蝶，桂林的蝴蝶非常好看，又大又漂亮，还好抓，傻乎乎的，常常沦为我们小孩的玩物。也正是这个缘故，后来我看见蝴蝶总是会勾起内心的愧疚，对它们也往往只是静静地、远远地看着。

北京的蝴蝶就只见过一种，无论是在山区还是在城里，就只是一种乳白色的带点深绿色花纹的小蝴蝶。有时是两只在花间起舞，有的时候是一只在树林中漫步，很少看见有成群的蝴蝶在花丛中飞舞，看起来很孤单，可是它缓缓飞舞的身影绝不见匆忙和贪婪，充满了轻盈和曼妙。就是这种安静的飞舞，让我忘了时间，忘了周围的嘈杂，仿佛世界只有我和它，一切都变得悄然。

重识蝴蝶是缘于一次偶遇。

初秋的一天，阳光朗照，天空蔚蓝如洗，空气中弥漫着淡淡的烧柴草的味道，恍然间像是回到了乡下，回到了小时候的岁月。我正在发呆，就见不远处一只乳白色的蝴蝶从玉兰花树中翩翩飞来，它高高地飞舞，飞得与玉兰花树一样高，慢慢地，从我的侧面经过，可以看见它白色有条纹的翅膀在阳光下闪闪发光，那翅膀扇动的频率既不同于小鸟，也不同于蜻蜓，更不同于大马蜂，小鸟的飞行是快速而疾行的，从树梢上飞下来的时候是一瞬间的翩然，蜻蜓的灵动在于那使它立在空中仿佛不动的隐形翅膀，大马蜂飞过的时候则像是轰炸机。蝴蝶的飞舞却是赏心悦目的，可以驻足，可以追赶，还可以与它同行，那是一种可见可亲的亲近和喜悦。

这只小蝴蝶飞到我侧面的时候，一瞬间童年捉蝴蝶的阴影消失得无影无踪，我的内心充满欣喜，欣喜中有惊奇，更多的是重识。小蝴蝶一直慢慢地飞，我也在它的翩翩飞舞中第一次认认真真看到了它的美丽，那种与美丽同行的惊诧久久地在我心中徜徉。

小蝴蝶慢慢飞远了，它可以飞很高，可以飞过高楼，越过山巅，可它就把它的美丽留在了最低处，留在了人群里，留在了花丛里，留在了你可以欣赏到的高度，这是一种放低的美丽。

“暖暖，蝴蝶美丽吗？”我看暖暖听得入神，轻轻问它。

“暖溪，当你用占有和玩耍的心对待蝴蝶的时候，你看见的蝴蝶就只是玩物，它没有生命，你给予的当然是伤害。可是，当你用欣赏和爱来看待它的时候，蝴蝶的美自然就展现给你了，你给予的也就是爱和美丽了。

“蝴蝶飞在比你高的高度，你用新的视角来看它，更用爱的心态看它，这种认真是你小时候没有的，蝴蝶在低飞的时候姿态美，可是它在高飞的时候姿态却更美啊。

“蝴蝶的美从没有变，变的是你的心。”

暖暖静静地看着我说。

“是啊，暖暖，在花园开放的喇叭花咧着大嘴笑，开在马路边上蒙尘的喇叭花也不会因为蒙尘就不咧嘴笑了，开在飞尘里的喇叭花更是让人惊喜，它无论处境怎么样，只管咧嘴笑。”我笑着对暖暖说。

暖暖的小花胡子笑得像一朵盛开的小喇叭花。

绿草坡

秋天的夜有些凉了，外面刮起了风。

“暖暖，天有点凉了，我给你的窝里加一点暖乎乎的棉花吧，这样你晚上可以睡个好觉，做个好梦，还可以在暖和的窝里听我讲故事。”我对暖暖说。

暖暖高兴极了，把一团一团的棉花抱起来放在了它的刨花窝里。

暖暖抱着棉花团，像是两个棉花团在刨花窝里移动，我忍住了笑，暖暖放好棉花团后又静静地来到二层的阳台上等着我给它讲故事。

“暖暖，还是给你讲个夏日绿草坡的故事吧。”我轻轻地对暖暖说。

“暖暖，还记得我给你讲的绿草坡吗，夏天的时候最热闹，现在到了秋天也非常热闹。

“绿草坡住着一群小麻雀，我常常看见它们的身影，有的胖，有的瘦，还有的非常淘气。绿草坡上有熏蚊草，高高低低的，低处的熏蚊草上，小小的绿叶和一团团的小豆豆挤在一起，枝杈茂密，小麻雀便常常待在这里。它们也像小豆豆一样站在熏蚊草上，好几只挤在一起，把熏蚊草几乎压在了地上。小麻雀站在上面像荡秋千一样，常常从这一丛荡到那一丛，从低处飞向高处。小麻雀们有时还在刺苋上捉迷藏，从小飞蓬的果子边飞过，翅膀扇起的风抖起了一阵花粉。

“最好看的还是一群小麻雀齐聚在一棵小树杈上，然后忽然间散开飞上高处的梧桐树的情景，在散开的那一瞬间，就像是绚丽的烟花，它们在半空中变换着队形，时而盘旋，时而俯冲，那快乐的鸣叫声更是此起彼伏，烟花般绚烂的队形也漂亮非凡。小麻雀们在绿草坡里嬉戏，不远处还有一只大灰喜鹊呆呆地站在绿草坡的大石头上，大喜鹊就像小母鸡一样大，我从没有见过这么大的喜鹊，胖胖的，浑身淡灰色，扇起的大翅膀内侧是白色，靠近尾巴的羽毛也是白色，它大尾巴一甩一翘地站在那里跳舞，梧桐树也在秋日清晨的微风里轻轻摇曳……

“暖暖，看着清晨里的小麻雀和胖喜鹊在绿草坡里快乐地玩耍真是无比欣喜。”

暖暖在刨花窝里叼起一个棉花团，那个棉花团像它一样大，两个棉花团在刨花窝里晃动着，真是可爱极了。

“暖溪，其实这些景致一直都在，只是你一直忽视了它，现在看到你又找回了童心、欣喜和爱，我真的很高兴。暖暖要用暖溪给的这个雪白柔软的棉花团做个最漂亮的窝，在冬天飘雪的日子里也继续听暖溪讲好听的故事。”暖暖看着我说。

暖暖叼着棉花团扭着胖胖的屁股钻进它的刨花窝里了……

雨后的小水洼

“暖暖，我要讲故事啦。”我对暖暖说。

暖暖从饭后小睡中爬起来，眼睛眯缝着，听见我说讲故事马上精神起来，爬上二层的小楼，团成一个球，眼睛明亮清澈地看着我，静静地听我给它讲故事。

“暖暖，我接着给你讲讲绿草坡的故事。绿草坡上面长满了好多不知名的青草，我认识的就有小时候曾编过草帽的毛毛草，俗称狗尾巴草，还有星星草、熏蚊草等。小土坡并不高，也不显得荒凉，每次爬上长满青草的小土坡的时候仿佛都回到了儿时嬉戏的岁月，单纯，快乐，无忧无虑。星星草、毛毛草在葱茏的青草丛里一簇又一簇地伸展着并不出众的身姿，熏蚊草的小绿果子一串又一串地挂满了枝条，矮矮的，胖胖的，也许夜晚将至的时候就变成一个个驱赶蚊子的炮弹呢。

“淡粉色、明黄色零星的小野菊在微风吹过的时候，轻轻地摇摆着柔弱的身姿。紧挨着小土坡的是一排高大茂盛的梧桐树，春天时节开出的淡紫色的大花朵娇艳极了，夏天的大肥树叶也青翠欲滴。

“暖暖，总觉得这青翠的小土坡是寂静的，不过在这寂静的背后又潜藏着非常有趣生机盎然的世界呢。

“清晨在一片浓密的青草丛里忽然飞出两只小麻雀，它们相互追逐、嬉戏，轻鸣呢喃，从一片灌木丛飞到另一片灌木丛。又有几只小麻雀飞过来，欢快地唱着歌，那两只小麻雀则飞了一阵又回到了刚才栖息的灌木丛上，依旧是轻言慢语，圆滚滚的毛彼此紧挨着，像两只大胖猫。有几只淡黄色的蜻蜓在绿树荫边低飞，有时飞到宽阔的柏油路上，有时又在绿草坡上低旋，飞累了就趴在高高的熏蚊草上一动不动，像挂在树枝上的风筝一样。蜻蜓飞的时候总是静悄悄的，可是它的舞姿却很优雅，有时和我们擦肩而过，有时还围着我们飞舞，那场景就像动画片一样。不过清晨里的它们似乎更愿意待在草枝上睡懒觉，大大的眼睛在阳光的照耀下像一颗颗宝石，闪耀迷人。

“草丛里的蛐蛐更是有趣呢，晚上蛐蛐的叫声是用心的，夜深的时候伴着蛐蛐的低鸣，在夏夜里多了一番惬意凉爽。清晨里蛐蛐的叫声则是轻轻的，像是妈妈叫醒熟睡的孩子一样，小心里夹杂着无限的温柔，生怕惊醒了睡梦里的孩子，声音有长有短，或高或低，但都是轻轻的，若隐若现，在绿草坡里演奏了一场无比曼妙的轻音乐。”

我接着说：“暖暖，我还看到更美丽的景象呢！”

暖暖听得入迷，大大的眼睛看着我，没有抱着两只小手管我要好吃的，一直安静地听我给它讲故事。

“暖溪，真好听，还有呢？”暖暖追问。

我接着讲故事。

“暖暖，有一天清晨下雨过后，在小草坡边的马路上积了好几个浅浅的小水洼。雨刚刚停，天上的云彩还没有退下去，有的地方的云还很厚很黑，有的地方则是灰色夹杂着白色，整个天空低沉朦胧，像是江南的早晨。空气里雨气和着清晨的清新笼罩在四周，草坡更加翠绿茂盛，一丛丛的灌木叶子上挂满了雨珠，像是镶上了无数颗小钻石，晶莹剔透，光彩异常。远处的云更像是山，沉沉的仿佛山雨将至。

“一群小麻雀突然从草坡里飞了出来，飞到了一个浅浅的小水洼里，小麻雀们在小水洼里欢快地喝水嬉戏洗澡，叫个不停，那种快活和喜悦令人动容。一只只小麻雀站在小水洼里尽情地仰头喝水，在雨水里快乐地扇着翅膀沐浴，整个小水洼溢满了活力。我站在那里静静地看着它们，心生愧疚，一个雨后的小水洼就能让小麻雀们如此快乐，我们拥有这么多却还常常不满足。

“暖暖，那些小麻雀和你一样大，胖胖的，圆圆的，可好看了。”

暖暖笑得就像小水洼里的小麻雀。

捞　鱼

“暖暖，秋天真是丰收的季节啊，各种水果可真好吃，蔬菜也丰富，连出去游玩都多了好多选择。”我对暖暖说。

“那天我们去香山公园写生，看见一对父子在湖边捞鱼。下午的阳光照在湖面上，一丝风都没有，阳光格外刺眼，在岸边捞鱼的人们却丝毫没有被这午后的燥热所阻挡，大人小孩都拿着鱼抄子在湖边捞鱼，捞那一点点、瘦瘦长长，有点像小泥鳅的小鱼。

“这对父子在岸边抓了很久都没有抓上一条鱼，父亲便开始和儿子说起他小的时候这些鱼怎样好捞，捞上来后怎么吃，或者用油炸着吃，或者用火烤着吃……看看湖水里的小鱼，再看岸边这对叫嚣着要吃它们的父子，也许捞鱼这件事并不特别有趣。

“湖边还有一个小亭子，亭子里坐满了纳凉的人们，一个小男孩从亭子里跑出来，跑向岸边的灌木丛里捉蚂蚱，红彤彤的脸上挂满了汗珠，笑声清脆，小男孩的姥姥跟着过来举着几朵小粉花，和小男孩一起捉蚂蚱，小男孩的姥爷看见了却大声呵斥：‘草丛里有蚊子，出来。’小男孩只好回到了小亭子里。小男孩的姥姥抱着小男孩委屈得不出声，小男孩更是低着头噘着嘴不说话。

“暖暖，你看，美好的事物，要有一颗美好的心来欣赏才是呀。”

暖暖轻轻地说："我可真不喜欢那对父子。"

顿了顿，暖暖眨着清澈的大眼睛接着说："鱼儿也不喜欢他们呢。"

重　逢

暖暖有一天走丢了，我们去郊区游玩，回到家发现暖暖不见了。

两天的时间，暖暖会走去哪里呢？会不会出什么事呢？

不敢想，赶紧在屋子里找，一个一个屋子地找，趴在床底下找，趴在桌子下面找，趴在椅子下面找，就是看不见你的小身影啊。暖暖，你太小了，上哪里去找你啊。我和儿子找得满头大汗，灰头土脸，还是找不到，两个人筋疲力尽地坐在床边发呆。

突然，看见一个白色的棉花球在门边出现，是暖暖！我们高兴地跳起来，暖暖找到了！暖暖立起身，两只小手平举着，似乎想让我们拉着它的小手把它领进来，眼睛里还有些许的委屈和泪光。我们把暖暖轻轻地捧在手心，抚摸着它的头和小耳朵，暖暖安静了很多。我们把它放进笼子里，在笼子里放上面包和坚果，暖暖受惊的心得到了安抚，低着头吃东西，看看我们，然后捋毛，一会儿才轻轻地睡着了。

我们那担忧的心也放下来了，洗个热水澡，像暖暖一样，进入了梦乡。

久别的重逢和失而复得的欣喜让梦都轻柔了许多……

四季的味道

“暖暖，你说四季有味道吗？”我问正在玩耍的暖暖。

暖暖困惑地看着我。

“暖暖，四季有味道。

春天的时候是花朵绽放的味道，

夏天的时候是瓢泼大雨的味道，

秋天的时候是苹果飘香的味道，

冬天的时候是大雪纷飞的味道。”

暖暖笑得灿烂，春天的暖暖不温不躁；夏天的暖暖耳朵总是湿漉漉；秋天的暖暖最漂亮，毛最白，最干净，眼睛最明亮；冬天的暖暖像棉花球，总是在刨花窝里睡大觉。暖暖在四季里的味道是柔和温暖如阳光般的味道。

暖暖羞涩地低下头捋毛，暖暖听懂了。

秋天里的漫步

暖暖，北京的秋天真美啊。

秋天里可以看见火红的柿子挂满树梢，还可以看见大喇叭花，有乳黄色的，粉红色的，淡蓝色的，还有深紫色的，这些大花朵随处可见，它们花期很长，每年的九、十月份都能看见它们的身影，它们平凡，不起眼，也不漂亮，淡淡的却总是开得大方，一点都不扭捏，开在地头田边，开在茂密的灌木丛中，开在马路边上，开在美丽的玫瑰花丛里。大喇叭花开得自在，花谢的时候也绝不随意，许多花在凋谢的时候都无精打采，花朵变了颜色，花瓣皱得挤在了一起，再看不出盛开时的娇艳，而大喇叭花可不是。花谢的时候，把每一片花蕾细细地卷好，就像是画轴般紧紧地卷起来，然后包裹好花蕾，阳光灿烂的时候花蕾变成了一个个漂亮的小地雷，来年春天的时候再发芽，秋天时开出更漂亮的大花朵。

黄色的小野菊在秋天里又是另一番别致，柔弱和单薄里有着一些忧郁，点缀在茂密的花草丛中，星星点点，一阵秋风吹过，淡淡的忧郁仿佛随着阳光洒满了秋天的枝头。

暖暖，秋天的阳光也很好看。

清晨里的阳光是清澈的，凉爽的，温暖里带着丝丝凉风，阳光照在树叶上，每一片树叶的纹理都清晰透明，仿佛轻纱一般。

中午的阳光最纯正温暖，透亮的阳光照彻大地，天高地阔，树木繁茂，一派似锦景象。

傍晚的阳光美丽迷人，金黄色笼罩一切，所有的颜色都改变了色彩，一切都镶上了金边。树叶变成了多彩的颜色，淡绿、深绿和黄色组合在一起，像是调色板上的油画；红色的房子涂上了一层淡淡的金色，在夕阳里仿佛退回到了好几百年前的时光。

暖暖，总觉得秋天不一样，春天里的初暖，夏天里的蝉鸣，冬天里的飘雪，都是简单而快乐的。秋天这个季节却像是交响乐，混合了四季的元素，快乐里有忧伤，温暖里有凉爽，寒冷里有盼望。

暖暖听着，眼睛里有淡淡的忧伤，但转瞬间暖暖就又露出了阳光般美丽的笑眼，小胡子都翘起来了……

“暖暖，我觉得每天上班也挺幸福的。”我摸摸暖暖的小鼻子。

暖暖喜悦地看着我，清澈的大眼睛眯起来。

“暖暖，中午吃饭的时候可以翻过小山坡去食堂，小山坡上绿草连绵，有星星草、毛毛草、熏蚊草，还有小野菊，有时还有一两只蝴蝶在草丛里飞舞，更显出了正午时分的安静。

“吃过午饭回来的时候又经过了小山坡，四周静悄悄的，只能听见微风吹拂灌木和青草的声音，风大的时候能听见梧桐树叶的哗哗声。有时会冷不丁地从草丛里飞出一只胖胖的小麻雀，胖麻雀从草丛里飞起来又落在不远处的花丛里，偶尔还能看见绿色的小蚂蚱在山坡的小路上蹦蹦跳跳地玩耍。

“不远处还有一条被杂草和小石子覆盖的小土路，远远地看去，有人在小土路上行走，就像是在农田里漫步。

“暖暖，在城市的中央，在千篇一律的办公区能有这样的美景，觉得上班也挺有趣。”

暖暖笑了，眼睛眯成了一个小月牙：“暖溪可以在忙碌中找到舒适，找到安闲，暖暖真高兴。”

童话里的南瓜藤

“暖暖，秋天的夜晚天凉了，天黑得更快了，外面有些冷，就在家里吧，家里暖和，我给你讲个童话故事怎么样？”我对暖暖说。

暖暖躲在刨花窝里不出来，只是露出了小脑袋，看见我，又团成个球躲起来了。

看着暖暖懒懒地不愿出来，我只好捧起一本书。

外面的月亮升起来了，月光清澈透明，风吹在脸上有些凉。暖暖睡着了，两个小手缩在毛茸茸的毛里，放在细绒毛的白白的小肚皮上，小嘴轻轻地闭着，像个小鱼钩，眼睛眯成了一个小月牙，小胡子随着均匀的呼吸起伏着，在柔和的灯光下泛着银光，一小撮，一小撮的，像是一朵合欢花在风中摇曳，轻轻的鼾声虽听不见，但极像轻鼾熟睡的孩子。

看着暖暖可爱的睡态，忽然想起来，我可以给睡梦中的暖暖讲个童话故事，暖暖醒了一定会眯起双眼露出困惑，这是在梦里还是在现实呢？

暖暖，听故事啦。

从前，有一朵漂亮的南瓜藤缠绕在一丛灌木上，叶子舒展，花朵璀璨，灌木在南瓜藤的映衬下也变得繁茂和美丽。

初秋的阳光洒满了这片生机勃勃的大花园，胖胖的小鸟在南瓜藤上荡秋千，翠绿色红肚皮的大蚂蚱躲在大花朵下乘凉，健壮的蜻蜓趴在绿油油的藤杆上小憩，老奶奶坐在木头凳子上给小孙子讲着大花朵变南瓜的故事，初秋的快乐就这样在大花园里蔓延着。

可是有一天，人们将南瓜藤从灌木上扯了下来，扔在地上，换上了丝瓜秧。南瓜藤被扯得撕心裂肺，叶子埋在了冰冷的土里。

南瓜藤哭了很久，叶子和花朵被阳光晒成了另一种颜色，不见了往昔的翠绿和明黄，枝藤不再肥美，也没有了婀娜。她不停地哭着，哭得躲在草丛里的秋虫都放低了歌声。

月亮升起来了，星星也布满了天空，南瓜藤在月光里哭泣，月亮心疼极了，看着几乎无力的南瓜藤，轻轻地对她说：“小瓜藤，在我的怀抱里，你看看自己的美丽。”

南瓜藤慢慢地止住了哭泣，用沾满泪珠的双眼望着夜空里的月亮：“我的美丽在哪里？”

月亮慈祥地笑了：“我的月光将你的不堪掩藏，我们看见的依旧是美丽的小瓜藤。小瓜藤，你还有最美丽的果子呢，看看你的果子在哪里？”

南瓜藤轻轻擦去泪水，低头打量着自己，在逐渐发蔫的花朵下，在变了颜色的叶子里，还有一颗正在成长的小果子，墨绿色，还有淡淡的花纹。

“小瓜藤，这个绿色的小不点儿会带给你快乐和希望，让你重新开出最漂亮的花。”

月亮发出柔和的光辉，罩住了还沉浸在悲伤里的南瓜藤。

星星像水晶般闪亮，星光洒落在地上，像一颗颗小钻石一样镶嵌在南瓜藤上。槐树花在夜风的吹拂下落下了芬芳的花瓣，小树叶在月光里印下了小水滴般的一朵朵花瓣，柳树轻舞，玉兰花撑起了大花伞，石榴树张开了天真的笑脸。还有冬青树，喇叭花，紫薇花，它们都担心地看着南瓜藤：“小瓜藤，来我们这里吧，我们喜欢你的美丽和善良。”

一阵细雨的飘洒让小瓜藤有了力气，当月亮的光辉重又冲出薄云的时候，小瓜藤在月光里重新看见了自己的美丽。一只夜行的小野猫轻轻叼起南瓜藤，又轻轻地放入了冬青树的怀抱，然后撅着小胡子消失在初秋的夜色里。海棠树上的红色小海棠也跳下来围住南瓜藤，做起了一个小屏障。南瓜藤忘记了悲伤，用尽全身的力气，攀缘而上，新生的蔓藤像一道道花朵织成的彩虹，横亘在花树丛中，星光照在上面熠熠生辉，南瓜藤将不堪狠狠地甩在了后面。

夜幕退去，当清晨的朝霞照进大花园的时候，南瓜藤重新开放了。晶莹剔透的露珠挂在新嫩的叶子上，像一颗颗小宝石。绿色红肚皮的大蚂蚱趴在花枝上，睁着圆圆的双眼，好奇地盯着眼前发生的一切。大喇叭花紧紧依偎着南瓜花，小蜜蜂排成长队等着采蜜，有些枯黄的毛毛草露出大尾巴在风中起舞，草丛里的蛐蛐重又咧开了嗓子高兴地唱起了歌，连大灰喜鹊都翘起了大花尾巴在树梢上欢呼，南瓜藤在爱的土壤里再次张开了笑脸。

阳光照耀下的大花园重又焕发了夺目的光芒。

暖暖醒了。

“我的好吃的呢？我的大松子呢？”暖暖眯着笑眼说。

“暖暖，给你讲的故事看来是白讲了。”我看着暖暖说。

暖暖憨憨地笑，笑成了小月牙。

“我想吃南瓜饼，香喷喷的南瓜饼……”

暖暖笑得很甜，小花胡子沾满了花朵般的细刨花……

后记一

每一个生命都无比宝贵，值得用心去尊重和呵护，哪怕是普通得像一颗沙粒，在阳光下依旧会闪耀金灿灿的光芒。遭遇人生旅途中的风雨虽难过，但暖暖的陪伴却让我备感温暖。我愿意用这 60 多个小故事来记录自己的经历和成长，鼓舞和自己有同样经历的人们振奋起来。万物有灵，世界有爱，有爱就有家！

爱塑造了一个新的我。

在这个崭新的环境里，我和儿子快步成长，我学了车，拿到了驾照；在最前沿的信息部学习新知识、新技术；我还拿起了画笔，画我想画的人、小动物、花朵、海洋、天空，从开始的几根小草画起，到现在，我可以画得有些模样了。认真想，一个人只要有梦想，有担当，有爱，任何艰难困苦都会被克服。**梦想一定会在信念里开花、结果。**

在自我成长的过程中，我还学会了更好地去爱，爱他人，爱朋友，爱大地山河，爱自己。

儿子顺利地大学毕业并考上了公务员，立志做个好人，做个好官员，服务大众。

我深深地感谢陪伴我的小仓鼠暖暖。

感谢鼓励和支持我的儿子。

感谢疼爱我的爸爸、妈妈。

感谢紧紧守护我的姐姐、姐夫、甜甜。

感谢侠肝义胆的姨妈和小菲。

感谢数次救我于水火的健泽医馆的刘钊大夫。

感谢于晶老师。

感谢辛欣和辛欣妈妈。

感谢李宗朝、管理芬夫妇和他们的儿子李彬彬。

感谢张霞夫妇。

感谢我的好朋友邢冠蕾、刘箴言、祁薇、陈红。

感谢一直跟随我照顾我的阿姨刘爱红、张爱芝、付小凤。

感谢所有帮助过我和儿子的亲人和朋友们!

后记二

此书的顺利出版，首先要感谢做了大量工作的责任编辑刘益强老师、复审吴晖湘老师，以及李斌老师和纪希萱老师，是他们严谨认真的工作态度和扎实用心的工作作风，使得本书得以成功、顺利地出版发行，在此我对他们表示深深的谢意！

诺兴文化四壹零艺术工作室何洋老师为本书做了大量的绘画工作，在此一并感谢!

书稿虽然编辑出版了，故事却一直在繁华的街区上演着，生活仍在继续。

爱也在鞭策着我们为了梦想而努力，这又何尝不是一个更好的开始呢。

天渐渐凉了，秋风起，又到了红彤彤的苹果飘香的季节，艳阳高照，满地金黄。

一个深秋的傍晚，天空微黛，忽而一片浓云飞来，天色骤暗，淅淅沥沥地竟下起了雨来。这情景令人诧异不已，远处的夕阳还隐约可见，粉色里稍显着橘红、粉蓝，而眼前却是乌云密布，灰色里带着一点淡淡的青蓝和金光，天地仿若被分成了一个截然不同的世界。

雨点打在防雨篷上叮咚作响，风越来越猛，雨越下越大，吹进窗来的雨气夹带着阵阵寒意。

忽然有人敲门，开门一看，原来是姐姐。

姐姐带着一身的雨气，衣服单薄且已湿透，连头发都打着绺滴着水，进门就喊："雨太大了，秋天了，还打雷，吓人，太冷了，我要在你这暖和暖和再回家。"声音里还带着微微的颤抖。

我赶紧找来干毛巾和暖和的衣服，让她擦干头发，换下湿乎乎的衣服，阿姨也端来一杯温暖的姜汤，姐姐趁热喝了，钻进了暖和的被窝里，不出声，只是静静地看着窗外的风雨。

又过了一小会儿，儿子回来了，全身湿透，脸上还淌着雨珠，书包滴滴答答地滴着水，冻得说不出话，也赶紧脱下湿衣服躲进被子里。阿姨又递上来一杯红糖姜水，他咕咚咕咚几口就喝了，缓过神来才慢慢地说：

"又打雷，又下冰雹，没处躲，三环上没有桥洞，我就拼命骑，可回家了，太冷了。"

我塞给他一个热水袋："抱着好好暖和暖和。"

外面的雷声一阵接着一阵，雨越下越大。

姐姐躺在温暖的被窝里打起了小呼噜，儿子静悄悄地躲在自己房间的被子里听着音乐，似乎也睡着了。

厨房的灶台上炖着莲子鸡，阵阵香气缓缓飘来，厨房里阿姨忙着包馄饨，温暖的灯光下，酒红色的桌布上已经摆好了餐具。

我坐在书房里，猫咪查理安静地卧在我的身边，又厚又长的大尾巴垫在它的下巴上。天渐渐暗下来了，望着窗外的雷雨，我悄悄想起了暖暖。

也是在这样的雨夜，我坐在窗前吹头发，暖暖侧着身子捋毛，每次我一吹头发，它就捋毛，然后用水晶般黝黑清澈的眼睛看着我，看着它努力卖萌的样子，我总是笑，我越笑，暖暖就更加认真地捋毛。在我经历人生最低谷、最黑暗的时候，这欢声笑语却洒满了一地。

“暖暖可真好看哪，要是能把它画下来该多好！”这个念头一直在我脑海萦绕，我第一次拿起了画笔，画下了孩子般的我和暖暖。

暖暖，你看，我答应你的，我用文字把你画下来了，我和所有爱你的人们为爱努力奋斗着。我知道，你爱我，同样，我们也非常爱你呢！

夜色深沉，雷雨交加。

屋子里暖洋洋的，桌子上已经摆好了香喷喷的饭菜，锅里还咕嘟咕嘟冒着热气。

咚咚咚，又有人敲门，我疑惑着，这雨夜，又会是谁呢？

开门看去，是他，抱着两大箱水果，衣服全湿透了，淌着水。

他鞋子上沾满了泥，雨水顺着他的脸颊滴落在地上，然而顾不上擦去脸上的雨水，他就关切地对我说：

“一箱是梨，一箱是石榴，你和儿子慢慢吃。”

我拿了一件他旧年的衣服：“这么大的雨，淋湿了，快换上吧。”

他犹豫了一下，并没有接。我愣了几秒，对他说：

“你转过身，我拿吹风机帮你把后背和领子后面吹干，不要着凉了。”

我拿起吹风机轻轻拽起他衣服的一角，努力不碰着他，熟悉的身影，熟悉的情景，却又不似当年的境遇。

他再次冲进了雨夜里，他那略显沧桑的背影和风雨交织在一起，雨下得更大了。

姐姐和儿子都起来了，饭菜飘香，橘黄色的灯光下，一家人围坐在一起，又温暖，又安心。

外面的风雨再大，有家里的灯光为你照亮。

不怕！

暖溪激励语：

花开寂静
勇敢前行
世界会为你微笑
暖暖会为你骄傲！

花絮一：

认真学，其实没有那么难

驾校的午餐。负责打饭的师傅是个聋哑年轻小伙，所有人都关照他，他也关照着每个学员，他常常在我吃饭的时候悄悄给我一个松软的白馒头，那时的我正在经历伤痛，眼前的温暖却打湿了我的眼眶。

这是机动车（汽车）靠右侧道路行驶的标志

从驾校开往社会路的一条小路，教练买了包烟，我凝目，仿佛回到了 20 世纪 80 年代。

右转直行就是训练场了，就在大树的前方，那里像森林公园，藏着四季，大花喜鹊都是成群结队，叫声嘹亮，响彻整个训练场。这个景致像是18世纪的油画。

花絮二：

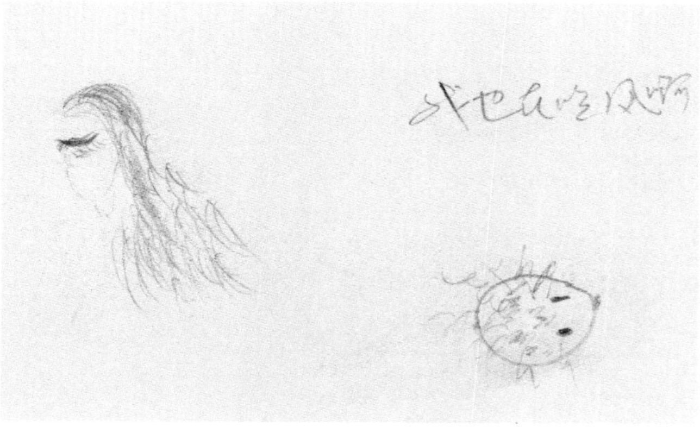

这是我第一次拿起画笔画我自己和暖暖，我一吹头发，暖暖就捋毛，每次都是这样，印象深刻。

画了一只猫咪，看见了希望，哪怕是在废纸上画的呢。

这是我试着画的一只大山鸡，看起来有了些模样。喜欢大山鸡的呆萌憨态。

冬夜，窗外寒风凛冽，月光如水。温暖的灯光下，我试着画了一个大苹果，起身喝水的时候，回来看见大苹果的边上打了一个大大的 98 分。那一刻，我百感交集，还有什么比儿子的肯定和鼓励更能让我幸福和看见未来的希望呢？也许在美术专业人士的眼里，我的那个大苹果就能得个 30 分，但我并不气馁，只要我努力，一定能及格，加倍刻苦训练，我一定能取得真正的 98 分！

一年后

穿越了对与错，爱和恨，我知道时光没有流走，只是刻下了曾经的过往，留下了经年的回忆。

往事如风，我愿风中吹拂的是炊烟暖饭，老叟儿童，笑语戏谑，就让往昔的爱化开所有的乌云骤雨，珍惜月亮朗照的生活吧。

儿子比喻：我是沙漠之王，我虽怕水，可真的游起来，本大王勇往直前！

这是现在的我，我给自己打 40 分，还有 60 分要努力哦，想想都令人振奋。

感谢小仓鼠暖暖让我拿起了画笔

重绘美好和力量

我爱你！

是啊，

我们也爱你呢，暖暖！